LES

PETITS AMIS

PARIS. — TYPOGRAPHIE DE CH. MEYRUEIS ET COMP.,

rue des Grès, 11.

LES

PETITS AMIS

PAR

Mme WOLF-DUPUY

AUTEUR DE L'ANGE DE LA FRONTIÈRE

PARIS

LIBRAIRIE DE CH. MEYRUEIS ET Cie, ÉDITEURS

174, RUE DE RIVOLI

1863

I

Dans une charmante petite habitation sur les bords de la Seine, aux environs de Paris, demeurait avec ses trois enfants, Madame Stein, veuve d'un professeur d'allemand, mort encore jeune, au milieu de sa carrière, sincèrement regretté de ses élèves et de ses amis qui avaient su apprécier ses aimables qualités et ses talents remarquables.

Mademoiselle Desgranges, en épousant Albert Stein, avait renoncé aux priviléges et aux avantages de la position que ses parents occupaient dans le monde, non qu'ils fussent riches, car M. Desgranges, son père, remplissait un emploi plus honorable que lucratif. Mais cet emploi même lui donnait entrée dans la haute société, circonstance dont Madame Desgranges, en femme habile, avait su profiter pour marier avanta-

1

geusement ses deux filles aînées. Son fils Georges, se destinant à la carrière militaire, travaillait avec ardeur aux études sérieuses qu'exigeait son entrée à l'école de Saint-Cyr.

Entre autres connaissances obligatoires, celle de l'allemand était à l'ordre du jour. Il s'était donc associé avec trois de ses camarades pour étudier en commun cette langue sous les auspices d'Albert Stein, récemment arrivé à Paris dans le but de s'y former une clientèle parmi le monde savant et de briguer la chaire d'allemand dans un des colléges de la capitale.

Le beau caractère et l'érudition profonde du jeune professeur, joints à des avantages personnels fort remarquables et à des manières élégantes, lui avaient bientôt attiré la sympathie et l'affection de ses élèves, et c'était à qui obtiendrait la préférence dans les nombreuses invitations qu'ils lui faisaient tous à l'envi. Mais son choix fut bientôt fait, et Albert Stein devint avant peu l'ami de cœur de Georges Desgranges.

Dès leur première entrevue, l'élève s'était senti irrésistiblement attiré vers son professeur, plus âgé que lui de quelques années seulement ; et, avec toute l'impétuosité de son âge et de son caractère, il lui avait de suite voué une amitié intime et sans bornes.

Albert, en y apportant un peu plus de réserve et de réflexion, n'en éprouva pas moins une grande sympathie pour son élève, dont le caractère ouvert et enjoué offrait un contraste frappant avec le calme habituel et le sérieux presque mélancolique du jeune Allemand.

Georges Desgranges ne se contenta pas longtemps de la société de son ami Albert pendant les seules heures consacrées à la leçon ; il fallut bientôt que celui-ci fût reçu dans sa famille comme un ami et presque comme un commensal de la maison, où Georges, l'enfant gâté par excellence, régnait pour ainsi dire en maître.

A force d'obsessions et de prières il obtint même que sa sœur Lucie, pour laquelle il avait une affection toute particulière, partageât avec lui la leçon d'allemand, à laquelle sa mère devait assister par forme de convenances, et d'où ses jeunes camarades furent exclus pour la même raison.

Albert Stein ne fut pas longtemps à s'apercevoir que cette intimité ne pouvait pas continuer pour lui impunément, et avec toute la délicatesse et l'honneur qui le caractérisaient, il crut de son devoir d'instruire le père de Lucie de la nature des sentiments qu'il éprouvait pour sa fille.

M. et Madame Desgranges étaient à cent lieues de penser à pareille chose, tellement ils croyaient le professeur de leur fils uniquement préoccupé de ses travaux scientifiques et littéraires; et quant à Lucie, ils ne l'avaient considérée jusqu'alors que comme une enfant, quoiqu'elle eût déjà seize ans. Cependant, après l'aveu du jeune homme, il fallut prendre un parti, et le plus sage paraissait de lui interdire la maison; mais comment en venir là sans en communiquer le motif à Georges? Ce fut ce que sa mère entreprit de faire.

Au premier mot, Georges sauta au cou de sa mère, en disant :

— Oh! quel bonheur! Albert deviendrait donc mon beau-frère?

— Y penses-tu, Georges? répondit sa mère;

voudrais-tu donc que ta sœur devînt la femme d'un pauvre professeur? Quelle folie !

— Mais, ma mère, vous savez bien que Lucie est beaucoup trop jeune pour penser au mariage avant quelques années, et si, pendant ce temps-là, Albert se forme une belle clientèle et obtient une chaire dans un lycée, comme il a tout lieu de l'espérer, vous n'aurez pas de motif raisonnable pour lui refuser la main de ma sœur; car elle n'a pas plus de fortune que lui, et certainement, sous tous les autres rapports, Albert Stein est tout à fait digne d'elle.

— Tu vois bien, mon cher enfant, que tout ton beau projet repose sur des hypothèses et, en attendant, je n'ai nullement l'intention de refuser un parti avantageux pour ta sœur s'il s'en présente; et, comme elle est très jolie et qu'elle est déjà fort admirée dans le monde, je crains que ton ami n'ait que bien peu de chance. Il faut donc, mon cher Georges, que tu te résignes à retourner prendre tes leçons d'allemand chez ton professeur comme précédemment.

— Avoue pourtant, ma mère, qu'Albert a agi avec beaucoup de délicatesse en vous prévenant de suite de ses sentiments, lorsqu'il aurait si bien pu profiter de sa position pour se faire aimer de Lucie à votre insu.

— Cela est vrai, mon cher enfant; aussi je ne l'en estime que davantage.

Ici se termina cet entretien; mais Georges étant maintenant au courant des sentiments de son ami Albert pour sa sœur, travailla de toutes ses forces à la réussite de ses désirs, et au bout d'un peu plus d'un an il eut la joie de nommer Albert Stein son beau-frère, quelques jours avant d'entrer lui-même à l'école de Saint-Cyr.

II

DURES ÉPREUVES.

Sept années s'étaient écoulées depuis ce mariage, lorsque Lucie Desgranges vit la mort frapper subitement son mari, et se trouva ainsi privée de son unique soutien et chargée de trois enfants, dont l'aînée avait à peine six ans.

Les premiers moments qui suivirent cette cruelle séparation furent donnés tout entiers à l'immense chagrin dont son pauvre cœur débordait; elle pleura amèrement la perte de son meilleur ami, de son bien-aimé Albert. Mais, avec une énergie puisée dans l'amour maternel, la jeune veuve maîtrisa presque instantanément l'excès de sa douleur et la refoula jusqu'au fond de son âme.

La nécessité de pourvoir sans retard à l'existence de ses enfants et à la sienne propre vint s'imposer à elle d'une manière impérieuse et inexorable, et en la forçant de s'en occuper de suite, l'empêcha de se livrer à son chagrin comme elle aurait pu le faire sans cette raison suprême. C'est ainsi qu'elle acquit le courage nécessaire pour supporter, sans succomber, la dure affliction qu'il avait plu à Dieu de lui envoyer ; affliction bien grande en effet pour la pauvre jeune femme.

En se mariant, Lucie Desgranges avait renoncé à presque toutes ses relations de famille. Ses sœurs et même sa mère vivaient dans un monde désormais étranger pour elle, et quoiqu'elle les vît de temps à autre, c'était avec un certain cérémonial extrêmement pénible au jeune couple, qui n'était jamais plus heureux que lorsque ces visites de pure forme étant terminées, il se retrouvait seul au milieu d'une petite famille charmante.

Albert Stein, ne pouvant pas donner à sa jeune femme tout le luxe et toute l'élégance auxquels elle avait été habituée chez son père, se décida à l'emmener demeurer dans les environs de Paris, pensant, avec raison, que dans une jolie habitation entourée de tous les agréments d'une belle campagne, la privation de ces jouissances se ferait moins sentir.

Lucie, avec tout l'abandon d'une enfant heureuse et bien-aimée, se livra joyeusement aux délices de cette vie champêtre, sans penser et même sans savoir que les longues courses qu'imposait à son mari leur éloignement du centre de ses occupations journalières, étaient quelquefois au-dessus de ses forces. Mais il n'y avait en ceci nullement de sa faute, car Albert avait pris à tâche de la convaincre du bien-être qui résultait pour lui-même, aussi bien que pour elle et pour leurs enfants, de ce séjour au sein de la campagne.

Malheureusement il n'était que trop vrai que les longues marches forcées que M. Stein se décidait souvent à faire pour économiser le prix d'une voiture épuisaient peu à peu ses forces, qui n'avaient jamais été très grandes; en sorte qu'à la fin d'un été excessivement chaud il se vit forcé d'y renoncer entièrement, et dut bientôt se mettre au lit pour ne s'en plus relever. Jusqu'au dernier moment, Lucie ne pouvait croire à son malheur; et l'espoir que les premiers beaux

1*

jours du printemps, en rendant ses forces à son cher Albert, ramèneraient la joie et le bonheur dans leur petit intérieur, ne l'abandonna pas un seul instant pendant les jours tristes et sombres de ce long hiver; d'ailleurs, elle fut maintenue dans ce doux espoir par le médecin qui visitait le malade presque tous les jours. Mais, hélas! il n'en devait pas être ainsi, et ces brises tièdes et parfumées du printemps, qu'il lui tardait tant de voir arriver, ne devaient plus souffler pour Albert que dans les cyprès qui ombrageraient sa tombe.

Le lendemain du jour où son mari fut porté à sa dernière demeure, Madame Stein donna naissance à une belle petite fille qu'elle nomma Albertine.

La jeune veuve rencontra de nombreuses marques de sympathie chez les personnes dont elle se trouvait entourée. De plus sa mère était arrivée à la première nouvelle du danger qui menaçait son gendre, nouvelle à laquelle elle était loin de s'attendre. Elle s'installa chez sa fille jusqu'après la naissance de son enfant, et en la quittant elle emmena avec elle l'aînée, la petite Maria, qui venait d'accomplir sa sixième année.

Madame Stein resta donc pour le moment chargée seulement des deux plus jeunes : Georges, qui avait un peu plus de quatre ans, et sa petite Albertine qui venait de naître, et dont elle entreprit d'être la nourrice, comme elle l'avait été de ses autres enfants. Son frère Georges était bien loin avec son régiment, sans quoi sa présence dans ce moment douloureux lui aurait été bien précieuse.

Et maintenant commença pour la jeune mère une série de luttes avec la misère, dont la main de glace l'étreignait comme un étau.

Pour elle-même, se priver était peu de chose, mais ses pauvres petits enfants... Quand elle y pensait son cœur saignait. Aussitôt que ses forces commencèrent à revenir un peu, et qu'elle put s'occuper sérieusement de sa position, elle s'arma du courage nécessaire pour envisager sérieusement l'étendue de la tâche qu'elle avait à accomplir.

Lors du mariage de Lucie, une bonne et excellente femme qui l'avait nourrie, et dont le mari et l'unique enfant étaient morts depuis plusieurs années, avait demandé à entrer chez elle comme domestique, et Madame Desgranges avait engagé fortement les nouveaux mariés à accepter ses services, parce que, disait-elle, Lucie n'ayant aucune expérience dans la direction d'une maison, la bonne Marguerite lui serait d'une extrême utilité. La suite prouva qu'elle ne s'était pas trompée.

Au milieu de son infortune, la jeune veuve trouva dans l'attachement de sa bonne nourrice une inappréciable consolation; aussi fut-ce à elle qu'elle eut recours comme à sa meilleure amie dans ce moment d'angoisses. Elles se mirent à réfléchir ensemble aux ressources qu'elles possédaient pour assurer les moyens d'existence à la petite famille; et Lucie n'eut rien de caché pour sa bonne Marguerite, qu'elle regardait plutôt comme une amie que comme une domestique.

Lorsque tous les frais de la longue maladie et de l'enterrement de son mari, ainsi que de leur deuil à elle et à ses enfants, furent payés, il resta à Madame Stein une petite somme d'environ mille francs que son mari avait déposée à la Caisse d'épargne, petit à petit, durant les cinq dernières années de leur mariage. Il lui était dû à peu près autant pour des leçons qu'il avait données pendant les derniers temps de son professorat ; et cela, réuni à plusieurs petites sommes qu'elle ne crut pas devoir refuser des différents membres de sa famille, lui composait un petit avoir d'environ trois mille francs qu'elle plaça en lieu sûr aussitôt qu'elle put sortir, et dont elle devait retirer un modique intérêt.

Marguerite l'engagea à sacrifier ses belles plates-bandes de fleurs pour en convertir le terrain en jardin potager, et ne conserver qu'une petite bordure de jasmin et de roses grimpantes entremêlés de réséda et de violettes tout autour de la maison. La bonne femme se proposa en outre d'avoir une chèvre pour en faire boire le lait à la petite Albertine, et d'organiser toute une basse-cour au grand complet, à la direction de laquelle elle s'entendrait parfaitement.

Enfin, il n'y avait pas de moyen auquel elle ne pensât pour subvenir aux frais de la maison.

Aussitôt que Madame Stein put s'occuper de travaux à l'aiguille, elle pria Marguerite de chercher à lui en procurer, et en peu de temps elle en eut autant qu'elle en pouvait faire, car les soins qu'exigeaient ses jeunes enfants occupaient la plus grande partie de son temps.

Cependant, quand le besoin de procurer un objet de toilette à l'un de ses enfants, ou de payer une note chez le pharmacien ou chez le charbonnier se faisait sentir d'une manière impérieuse, la pauvre mère se mettait courageusement à l'ouvrage, après avoir couché ses petits enfants, en demandant à Dieu de lui donner les forces nécessaires pour soutenir sa charge jusqu'au bout et élever sa petite famille sans succomber à la peine. Elle passait souvent alors la moitié de la nuit au travail, et les premières approches du jour la trouvaient encore debout, l'aiguille à la main et les yeux rougis par la longue veille et les larmes que, malgré tous ses efforts, elle ne pouvait pas toujours empêcher de déborder du trop plein de son cœur. Mais il ne fallait pas que sa bonne Marguerite la trouvât ainsi, car alors elle se fâchait sérieusement, en voyant la pauvre jeune femme user le peu de forces qui lui restaient dans cette lutte continuelle avec la misère. Mais, disait celle-ci, puisque je ne peux pas dormir la nuit, il vaut mieux que je travaille, car alors les pensées sont moins poignantes.

Malheureusement Lucie Stein n'avait pas appris à confier tous ses chagrins à Celui qui nous y invite avec tant d'amour; et ses consolations étaient de celles qui n'ont pas de solidité quand vient le jour du malheur.

C'était une leçon qu'elle avait encore à apprendre, et la suite de notre récit fera voir comment elle fut amenée, par la grâce de Dieu, à connaître ce bon Père qui nous châtie dans sa miséricorde, et à bénir cette main qui nous afflige pour notre bien.

C'est ainsi que les premières années du veuvage de notre pauvre amie se passèrent dans des luttes acharnées contre l'adversité, qui l'accablait quelquefois au point de lui faire perdre complétement courage.

Son petit trésor, qu'elle gardait avec un œil d'avare, commençait pourtant à diminuer sensiblement, et alors quelles ne furent pas ses inquiétudes lorsqu'elle vit approcher le moment où elle n'aurait plus aucune ressource pour répondre à quelque besoin inattendu et impérieux.

Marguerite et elle s'étaient longtemps consultées pour savoir s'il fallait continuer à garder la jolie petite maison qu'elle avait toujours habitée depuis son mariage, ou s'il ne serait pas mieux d'en chercher une moins chère et par conséquent moins jolie.

C'est ce qu'elles firent en effet, et elles en trouvèrent plus d'une; mais la différence de prix était bien minime, et en quittant celle qu'elles occupaient elles auraient été obligées de s'éloigner de personnes qui, les connaissant depuis longtemps, s'intéressaient à la petite famille et lui venaient en aide de mille manières, soit en procurant de l'ouvrage à Madame Stein, soit en prêtant des semences ou autres choses de même nature à Marguerite qui avait toujours soin de les rendre dès qu'elle se trouvait en mesure de le faire.

Lucie n'avait pas reçu une éducation dont elle

pût tirer un parti bien avantageux. Ce n'était pas qu'elle manquât d'instruction, mais elle ne connaissait aucun art d'agrément, ni aucune langue étrangère suffisamment pour pouvoir les enseigner à d'autres ; sans quoi elle aurait probablement tourné ses vues de ce côté.

On lui proposa de prendre quelques petites filles comme élèves pour les premiers éléments de l'instruction ; mais les soins qu'elle se voyait forcée de donner à ses propres enfants ne lui permettaient pas de s'astreindre aux exigences d'une occupation si assidue, et après quelques essais infructueux elle se vit forcée d'y renoncer. Le travail à l'aiguille continuait donc à être sa ressource la plus sûre et la plus constante ; tandis que la bonne Marguerite déployait des talents dignes d'un plus grand théâtre, à confectionner un repas copieux avec des provisions que bien d'autres auraient dédaignées, Madame Stein, après avoir endormi sa petite Albertine et avoir occupé Georges à quelque passe-temps tranquille, se hâtait de prendre son panier à ouvrage et faisait voler son aiguille avec la rapidité d'une navette de tisserand. Après un apprentissage de quelques mois, elle acquit une grande habileté dans ce genre d'occupation, et la nécessité, mère de l'industrie, devint pour elle la meilleure des institutrices.

Lorsque les travaux de toute espèce dont Marguerite s'occupait avec une activité et une intelligence rares, se trouvaient en assez bonne voie pour qu'elle pût les abandonner un instant, elle venait s'asseoir à côté de sa jeune maîtresse, prenait en mains un ouvrage qui ne demandait pas un soin extraordinaire, y travaillait avec ardeur, et rendait de cette manière de grands services à celle-ci en avançant son ouvrage et en l'empêchant de veiller une bonne partie de la nuit.

Aussitôt que la petite Maria fut en état de tenir une aiguille, sa mère l'occupa de la même manière : combien elle se félicitait alors de s'être appliquée à lui apprendre à lire pendant qu'elle était toute petite, car Maria Stein, à l'âge de six ans, lisait tout à fait couramment, et souvent, pendant que sa mère travaillait, la petite fille lui faisait la lecture d'une manière déjà très agréable. Madame Stein avait soin de ne lui donner que des livres qui, étant tout à fait à sa portée, pouvaient l'intéresser et l'amuser tout en l'instruisant; pour cela, elle avait souvent recours à la bibliothèque d'une famille du nom de Raymond, où il y avait plusieurs enfants, et qui, se trouvant très bien pourvue de livres, était pour elle un voisinage précieux.

Dès que Madame Stein se sentit un peu remise de la profonde émotion qu'elle avait éprouvée à la mort presque inattendue de son mari, ainsi que de la fatigue qu'elle avait endurée tout l'hiver en le soignant, et que ses forces eurent commencé à revenir après la naissance de son dernier enfant, elle pria sa mère de lui ramener sa petite Maria. Elle ne voulait pas en rester plus longtemps séparée, craignant l'effet que pourrait avoir sur sa jeune organisation le contraste entre la manière de vivre de ses grands-parents et celle de sa mère, dont l'humble et simple intérieur était non-seulement dépourvu de tout luxe, mais où même le nécessaire n'était pas toujours parfaitement assuré.

III

Un jour que Maria lisait à sa mère une de ses plus jolies historiettes, celle-ci lui dit :

— En as-tu encore pour longtemps, ma fille?

— Oh! oui, maman, lui répondit l'enfant, en tournant les feuillets du livre; elle est encore bien longue, cette histoire; mais n'est-elle pas très jolie? En es-tu fatiguée?

— Ce n'est pas cela, mon amie, lui répondit Madame Stein; mais c'est que j'ai grand besoin de toi pour ourler le bas de cette jupe. Si elle n'est pas finie ce soir, il faudra que je veille bien tard, car je l'ai promise pour demain matin de bonne heure; et je suis très fatiguée d'avoir veillé deux nuits consécutives.

— Oh! alors, maman, je vais cesser de suite. Mais comme je voudrais que quelqu'un nous fît la lecture pendant que nous travaillerons! Il me

semble que l'ouvrage irait quatre fois plus vite.
Si Georges savait lire seulement un peu, comme
cela serait agréable !

— Le pauvre enfant! répondit sa maman; il
risque fort de ne pas savoir lire de sitôt, j'en ai
bien peur ; car je n'ai pas souvent le temps de
lui donner une leçon. C'est à peine s'il sait ses
lettres, et il aura bientôt six ans. Tu savais lire
presque couramment à son âge.

— Mais, maman, dit Maria, pourquoi ne lui
apprendrais-je pas, moi? J'ai plus de temps que
toi. Il ne m'écoute pas beaucoup, c'est vrai;
mais si je le faisais lire à côté de toi, cela irait
mieux, il me semble.

— C'est une bonne idée que tu as là, ma fille,
répondit sa maman, et dès demain tu pourras
commencer. Il est trop tard aujourd'hui, et puis
j'ai besoin que tu travailles toute la soirée pour
avancer mon ouvrage, qui est bien en arrière.
Et afin de te récompenser d'avoir été si docile
en quittant de suite, pour m'aider, la lecture
qui t'amusait tant, je vais te raconter quelque
chose qui la remplacera.

— Oh! chère maman, que tu es bonne! dit la

petite fille en se levant pour serrer le livre dans son armoire, car Madame Stein tenait beaucoup à ce qu'elle eût bien soin des livres qu'on lui prêtait; après quoi elle vint passer ses bras autour du cou de sa mère et l'embrasser en lui disant : Comme je voudrais pouvoir toujours travailler pour toi, bonne mère, afin que tu pusses te reposer et être bien heureuse!

— Cela viendra, ma petite chérie, dit sa mère; dans quelques années tu sauras travailler aussi bien que moi, et alors je pourrai me reposer un peu. En attendant, prends cette jupe, et mets-toi là tout près de moi. Tu vois que l'ourlet est tout bâti et prêt à être commencé. Mais d'abord, va voir ce que font Georges et Albertine là-bas au fond du jardin; j'ai peur qu'ils ne se fassent du mal.

Maria s'empressa d'exécuter ce que sa mère lui avait commandé, et revint au bout de quelques minutes lui dire que les enfants, comme elle les appelait, étaient très sages, et qu'ils s'amusaient à mettre en tas une masse de petits cailloux qu'ils avaient trouvés dans la salle.

Elle prit alors le petit coussin que Marguerite avait fait pour elle avec un morceau de vieux tapis, et s'assit dessus aux pieds de sa mère, qui, fidèle à sa promesse, lui raconta l'histoire suivante :

« Par une nuit froide et pluvieuse, à la fin du mois d'octobre, un voyageur, qui s'était égaré dans une vaste forêt au nord de la Pologne, éprouva bien de la joie lorsqu'il vit enfin scintiller au loin une lumière sous les arbres. Il fit avancer de son mieux son malheureux cheval, épuisé par une course de plus de douze heures, presque sans relâche, et auquel pourtant l'espoir d'un prochain repos et d'un bon souper paraissait avoir prêté de nouvelles forces.

« On aurait cru que la pauvre bête avait deviné que ces deux objets de ses ardents désirs se trouvaient à quelques pas devant elle.

« Arrivé enfin sur la lisière de la forêt où il fut conduit en suivant la lumière qui brillait à ses yeux, notre cavalier se trouva devant une petite auberge, dont la grande pièce, qui occupait tout le rez-de-chaussée et qui servait en même temps de cuisine et de salle à manger, était remplie de voyageurs.

« Ceux qui venaient d'arriver secouaient leurs manteaux trempés d'eau, ou réchauffaient leurs membres engourdis par le froid, autour d'un bon feu qui pétillait dans l'âtre, tandis que d'autres étaient déjà attablés devant le copieux souper, placé sur la grande table en chêne massif à l'autre bout de la salle, et dont le fumet odorant excitait plus d'un mouvement de convoitise parmi leurs voisins moins heureux, arrivés trop tard pour pouvoir prendre part à la bonne cuisine de l'auberge de la forêt.

« Les derniers arrivés s'étaient hâtés, en arrivant dans la salle, de s'assurer avant tout d'un lit, car le lendemain étant le jour du marché aux chevaux dans la localité, l'affluence des étrangers rendait pour le moment l'acquisition de cet objet de première nécessité assez problématique : c'est ce dont notre pauvre voyageur, arrivé le dernier, fit la triste expérience, lorsqu'il vint, comme les autres, adresser sa demande à l'hôte. Celui-ci déclara qu'il ne restait plus un seul coin disponible dans la maison. Après des instances réitérées pourtant, appuyées du meilleur des arguments pour un maître d'auberge, l'offre d'une somme assez ronde, celui-ci finit par céder son propre lit à notre homme exténué de fatigue, qui l'accepta de bon cœur et fut bientôt enveloppé dans le plus profond sommeil.

« Vers minuit, il fut réveillé par le bruit que fit sa porte ouverte avec fracas, et un grand fantôme, couvert de blanc de la tête aux pieds, s'avança tout près du lit, un grand couteau à la main, qu'il passa à plusieurs reprises devant les yeux du malheureux étranger. Celui-ci se mit à trembler de tous ses membres, persuadé que sa dernière heure avait sonné. Le personnage mystérieux tenait de l'autre main une lanterne qui ne l'éclairait que faiblement, et après avoir continué ses manœuvres extraordinaires pendant quelques minutes, il la posa sur un meuble et disparut.

« Notre voyageur, encore tout tremblant, se leva aussitôt qu'il se vit seul, pour aller barricader sa porte ; ce qu'il fit non sans peine, car il ne s'y trouvait ni clef ni verrou. A peine s'é-

2

tait-il remis au lit, que la porte s'ouvrit de nouveau, malgré les quelques obstacles qu'il avait trouvé moyen de placer derrière, et la même apparition se représenta devant ses yeux effarés. Cette fois le visiteur nocturne ne se contenta pas de passer le couteau devant les yeux du voyageur interdit; mais le secouant d'une main qui n'avait rien de celle d'un esprit ou d'un revenant, il agita son couteau avec beaucoup de vivacité, en faisant le geste de se couper la gorge, et en poussant un grognement sourd et prolongé. Il resta un peu plus longtemps cette fois-ci que la précédente, ne cessant de se démener comme un forcené, au grand ébahissement de notre pauvre mystifié, qui commençait cependant à s'habituer à ces étranges procédés, et qui, n'en ayant encore rien éprouvé de bien terrible, n'en avait plus la même frayeur.

« Enfin, son visiteur importun étant reparti, le voyageur harassé se leva encore une fois pour tâcher de refermer sa porte un peu plus solidement, après quoi il se recoucha, et essaya de prendre un peu de repos. Mais inutile d'y penser ! Le pauvre homme commençait à fermer les yeux, lorsque des cris épouvantables se firent entendre sous la fenêtre de sa chambre, située au rez-de-chaussée, et donnant sur une petite cour derrière la maison. Excédé de cette nouvelle cause d'alarme, l'infortuné se lève et se dispose à s'élancer hors de la chambre pour savoir décidément à quoi s'en tenir, lorsque sa porte s'ouvre de nouveau; son visiteur mystérieux reparaît. Cette fois, le couteau qu'il tenait à la main était couvert de sang, et il l'avança jusque sous les yeux du voyageur, en lui faisant signe qu'il n'avait plus besoin de se déranger, et qu'il pouvait maintenant rester tranquille et dormir si bon lui semblait. Là-dessus il s'en alla sans faire d'autres contorsions, emportant sa lanterne, et fermant la porte avec soin derrière lui. « Enfin, se dit notre homme, « il faut espérer que c'est fini, et qu'il est parti « cette fois-ci, pour ne plus revenir. »

« En effet, il ne fut plus dérangé de la nuit, ni par des cris, ni par des visites ; et après quelques minutes d'attente pendant lesquelles il n'entendit plus rien d'alarmant, il se rendor-

mit, et ne se réveilla que le lendemain matin.
Il se hâta de quitter sa chambre pour aller s'in-
former de la cause de l'étrange mystification
dont il avait été victime dans la nuit. En entrant dans la salle commune, il trouva l'hôte,
qui, encore couché sur une botte de paille dans
un coin de la salle, où il avait passé la nuit,
commençait à ouvrir les yeux et à détendre ses
membres engourdis. L'étranger lui fit part de
la visite extraordinaire qu'il avait reçue, ainsi
que des cris qu'il avait entendus, et lui en demanda l'explication. L'aubergiste ouvrit de
grands yeux étonnés, et répondit à la question
de son interlocuteur en lui demandant le quan-
tième. L'autre lui répondit avec humeur que
c'était le 1er novembre ; sur quoi le maître de
l'auberge partit d'un éclat de rire nullement
propre à apaiser la colère de son hôte, qui attendait en silence que l'accès d'hilarité de celui-
ci se fût un peu calmé.

« Le maître de la maison lui dit enfin en se
levant :

« — Je vous demande bien excuse, Monsieur,
de ce qui est arrivé ; j'avais tout à fait oublié

que c'est aujourd'hui le 1ᵉʳ novembre, et comme nous avons l'habitude ce jour-là de tuer un porc pour notre provision d'hiver, mon boucher, qui est sourd-muet, croyant avoir affaire à moi, puisque vous occupiez mon lit, est venu me réveiller pour que j'allasse lui aider. Ne me voyant pas arriver, il se sera impatienté, et aura fait la besogne tout seul ; puis il est venu vous montrer, croyant toujours qu'il s'agissait de moi, le couteau ensanglanté, pour me faire comprendre que c'était fini, et qu'il ne fallait plus me déranger. Les cris que vous avez entendus étaient ceux du porc qu'il égorgeait.

« Tout ayant été ainsi expliqué à son entière satisfaction, notre voyageur, après avoir bien déjeuné, paya ce dont il était convenu la veille pour son lit, et prit congé de l'aubergiste. En sortant, il rencontra dans la cour celui qui lui avait causé tant d'émotions pénibles dans la nuit, et qui, vu en plein jour, avait perdu tout l'effrayant prestige que lui avaient prêté les circonstances extraordinaires de sa nocturne apparition. »

IV

Quand Madame Stein eut fini son histoire, elle fit souper sa petite Albertine et Georges, et alla les coucher. Mais comme l'ouvrage était encore loin d'être terminé, Maria lui dit :

— Raconte-moi encore quelque chose, maman, ou je m'endormirai sur cet ennuyeux ourlet qui n'en finit pas.

— Non, mon enfant, cela ne me m'est pas possible, dit sa mère, mes yeux se ferment malgré moi. Je crains même de ne pas pouvoir finir mon ouvrage ce soir, et cela me contrarierait extrêmement, car je l'ai promis positivement pour demain matin. Je sais que Madame Morlot, la couturière, compte là-dessus, et je serais désolée qu'elle fût désappointée ; c'est justement parce qu'elle connaît ma grande exactitude qu'elle a toujours de l'ouvrage pour moi quand

elle n'en a pas pour d'autres, et par la même raison elle me réserve le meilleur et le mieux payé.

En finissant sa phrase, ce qu'elle avait prévu
arriva en effet : ses yeux se fermèrent malgré
tous ses efforts, et appuyant sa tête contre le
dossier de son fauteuil, dans quelques minutes
elle fut profondément endormie.

La petite Maria réfléchit pendant un instant
à ce que sa mère venait de dire.

« Quel malheur ! se disait-elle, si l'ouvrage
n'est pas fini ce soir ; oh ! comme je voudrais
avoir quelques années de plus, et alors comme
je travaillerais ! »

Puis elle se leva tout doucement pour ne pas
éveiller sa mère, et alla trouver Marguerite, à
qui elle fit part de son inquiétude au sujet de
l'ouvrage inachevé. Elle trouva celle-ci dans
sa cuisine en train d'apprêter un délicieux repas, comme Maria les aimait tant, de galettes et
de café au lait avec du fromage à la crème, pour
remplacer la viande, dont depuis quelques jours
il avait fallu se passer, et pour cause. Il n'y
avait même pas un œuf frais à la maison, parce
que la bonne ménagère avait trouvé une excel-

lente occasion le matin même de disposer, à un prix élevé, de tous ceux qu'elle possédait.

Quand Maria lui eut expliqué la cause de son inquiétude, la bonne cuisinière, qui la partageait entièrement, lui promit de venir bientôt voir si à elles deux elles ne pourraient pas faire quelque chose pour avancer la couture.

— En attendant, dit-elle, dépêchez-vous avec votre tâche, et laissez reposer votre maman sans faire de bruit. Peut-être, quand elle aura soupé, se trouvera-t-elle mieux disposée pour travailler et un peu remise de sa fatigue.

— Oh ! ma bonne Marguerite, disait Maria, j'aime beaucoup les galettes, c'est vrai, mais je serais encore bien plus heureuse si vous vouliez les laisser pour ce soir, et venir travailler tout de suite. Peut-être aurions-nous fini avant que maman ne se réveillât, et alors elle pourrait aller se coucher aussitôt qu'elle aurait soupé.

Pendant qu'elle parlait encore, un petit coup sec se fit entendre contre la fenêtre de la cuisine, donnant sur une ruelle qui longeait la maison de ce côté, et elles virent la bonne figure d'une de leurs voisines, Mademoiselle Leprince, qui les regardait à travers la vitre.

— Voilà notre affaire toute trouvée, dit Marguerite. Voici celle qui pourra nous tirer d'embarras mieux que persónne. Et elle alla ouvrir la porte à la bonne voisine, sans faire de bruit, pour ne pas éveiller sa maîtresse.

Mademoiselle Leprince était une ancienne institutrice, qui, ayant hérité d'une petite succession, avait renoncé à l'enseignement, et était venue depuis quelques années habiter l'endroit où Albert Stein avait choisi sa demeure. Elle s'était beaucoup attachée à la famille du professeur d'allemand, et en mainte occasion elle avait rendu de grands services à sa veuve; de ces services dictés par le cœur, et que rien ne peut payer.

Marguerite la fit venir dans la cuisine pour mieux lui expliquer leur embarras à elle et à la petite Maria. La bonne demoiselle lui remit d'abord un pot de marmelade de prunes, échantillon de sa provision d'hiver qu'elle venait de confectionner, et dont elle avait voulu partager

2*

les prémices avec son amie Madame Stein, en
venant passer la soirée chez elle et y souper;
puis elle s'offrit à examiner l'ouvrage en question, pour voir si elle ne pourrait pas l'ache-
ver avec l'aide de Marguerite et de Maria, et
obtenir que son amie allât prendre du repos.
Dans ce but, elle s'approcha doucement de la
jeune femme endormie; mais comme elle voulait la débarrasser de l'ouvrage posé sur ses
genoux, celle-ci ouvrit les yeux, et en quelques
secondes se trouva complétement réveillée. Mademoiselle Leprince lui ayant exprimé en deux
mots son désir, Madame Stein accepta de bon
cœur une offre aussi aimable; puis, après lui
avoir expliqué ce qu'il y avait à faire, elle se
rendormit.

Marguerite arriva peu après avec le souper,
auquel la marmelade de la bonne voisine contribua d'une manière fort agréable. Maria reçut
la mission de réveiller sa maman par ses baisers, et celle-ci fit honneur au modeste repas,
préparé avec tous les soins d'une véritable et
sincère affection; après quoi ses amies obtinrent qu'elle allât se coucher, en lui promettant

qu'elles ne se sépareraient pas que l'ouvrage ne fût terminé.

Lorsqu'elle eut achevé de souper, Maria se trouvant tout à fait réconfortée et bien disposée à travailler, se remit à l'œuvre avec courage, à côté de ses deux compagnes ; et Marguerite, sous la direction de Mademoiselle Leprince, commença la confection d'un ouvrage qu'elle n'aurait jamais osé entreprendre seule.

Maria leur dit alors comme le temps lui avait paru moins long l'après-midi, pendant que sa maman lui racontait une histoire, et demanda à Mademoiselle Leprince ou à Marguerite si elles voulaient bien en faire autant.

Après un instant de réflexion, Mademoiselle Leprince y consentit, et lui raconta ce qui suit :

« Mon oncle dirigeait une maison d'éducation pour des jeunes gens qui désiraient suivre des cours d'un enseignement élevé. Il habitait avec ma tante et ma cousine une belle maison de campagne, à quelques lieues de Lyon.

« Quant à ma mère, elle tenait une pension

de jeunes filles dans la ville de Lyon même, et lorsque arrivait le moment des vacances d'été, elle avait l'habitude tous les ans de nous conduire, ma sœur et moi, chez ma tante, pour nous faire passer quelques semaines à la campagne.

« Une année, il se trouva que mon oncle, ma tante et ma mère formèrent le projet de faire ensemble un petit voyage pour visiter une vieille parente malade, qui ne pouvait pas supporter le bruit des enfants, et ils nous confièrent toutes trois, ma cousine, ma sœur et moi, aux soins de la vieille bonne de ma tante, excellente femme en qui celle-ci avait une confiance sans bornes. Nous nous donnâmes de la campagne à cœur joie, nous autres, petites habitantes de la ville, et nous n'étions jamais fatiguées de courses folles à travers les champs et les prairies.

« Un matin, vers la fin des vacances, il vint à la maison un jeune paysan qui demanda à parler à la personne la plus âgée de la famille, celle enfin qui représentait mon oncle ou ma tante pendant leur absence. La vieille Annette vint annoncer cette visite pendant que nous étions à déjeuner. De là grande discussion entre ma cousine et ma sœur, qui étaient du même âge à quelques jours près. Elles avaient douze ans et quelques mois. Ne pouvant pas se mettre d'accord, — je crois qu'elles étaient nées le même jour, — elles arrivèrent ensemble pour recevoir le personnage important qui les demandait, mais dont la visite ne leur faisait pas trop d'honneur : il était presque en haillons et avait l'air stupide et niais.

« Etant interpellé par les deux cousines à la fois sur la haute mission dont il se trouvait chargé auprès d'elles, il exhiba une lettre cachetée portant pour suscription : *A la personne la plus âgée de la famille de M. Leprince, actuellement à la maison.*

« Alors recommencèrent les interminables discussions relativement au droit qu'avait chacune d'elles de rompre le cachet de la missive mystérieuse et de s'en approprier le contenu. Force fut de la remettre en mains tierces, et la vieille Annette s'en empara faute de mieux.

« Le papier se trouvait ne contenir que quelques mots incompréhensibles accompagnés de plusieurs signes cabalistiques dont la haute signification échappa entièrement à toute leur science réunie. Pendant l'examen approfondi de cette importante communication, le jeune garçon qui l'avait apportée avait disparu sans prendre congé; c'est qu'apparemment, plus heureux que nous, il avait appris tout ce qu'il avait besoin de savoir.

« Toute la journée se passa en conjectures sur le motif de cet envoi mystérieux ; et l'examen minutieux des caractères de cette étrange écriture n'était pas encore terminé lorsque, vers l'heure du dîner, arriva toute une famille de cousins et de cousines, dont l'intention était de passer les derniers jours des vacances chez mon oncle et d'attendre son arrivée qui devait avoir lieu le surlendemain.

« La maman des nouveaux arrivés, dont le mari avait été retenu à la maison pour affaires, ayant été informée de l'incident du matin, jugea qu'il serait plus prudent de faire coucher le jardinier à la maison, en lui recommandant de tenir son fusil chargé et tout prêt en cas de besoin. Puis, elle nous fit tous coucher au premier étage, en ordonnant de bien fermer avec des barres de fer tous les volets du rez-de-chaussée. Nous avions l'habitude, ma sœur et moi, de coucher dans une petite chambre de cette partie de la maison, et le plus souvent notre fenêtre restait ouverte toute la nuit à cause de la chaleur.

« Avant la nuit il nous arriva du renfort dans la personne d'un des élèves de mon oncle, jeune homme de vingt ans, qui, plus studieux que ses camarades, avait voulu devancer le jour de la rentrée pour ne pas perdre de temps à se remettre à ses études, de sorte que les voleurs, lorsqu'ils se présentèrent vers une heure du matin, car ma tante avait deviné juste, trouvèrent la place bien défendue.

« Il était bien heureux que nous n'eussions pas couché ce soir-là où nous avions coutume de le faire, car ce fut précisément devant la fenêtre de cette pièce que se présentèrent les malfaiteurs. Il avait plu dans la soirée, et le matin on trouva la trace d'un pistolet empreinte dans la terre glaise au-dessous de notre fenêtre. Nous avons tous tremblé en pensant à ce qui aurait pu arriver si ma tante ne fût pas venue ce jour-là.

« Lorsque mon oncle fut de retour, on lui raconta tous les détails de cette scène, et il en informa les autorités compétentes qui firent toutes les recherches nécessaires pour découvrir les coupables. Il en résulta la capture d'une bande de plus de vingt brigands, qui, à ce qu'il paraît, n'en étaient pas à leur coup d'essai. »

— Je vous remercie mille fois, Mademoiselle, dit Maria, lorsque Mademoiselle Leprince eut fini son récit. J'aime beaucoup les histoires vraies, et qui sont arrivées aux personnes mêmes qui les racontent. Et maintenant, si ma bonne Marguerite voulait bien nous en raconter une à son tour, si petite soit-elle, j'aurais bientôt fini mon ouvrage et j'irais me coucher.

— Eh bien, mon enfant, dit sa bonne, je vais vous faire le récit d'une petite aventure qui m'est arrivée lorsque j'étais jeune.

V

« Mon père et ma mère étant morts jeunes tous deux, je demeurai et grandis chez ma vieille grand'mère, dans un petit village de Bretagne. Elle ne voulut jamais me permettre d'aller au bal, car elle en craignait beaucoup les suites pour moi, qui étais très coquette et très frivole; et pour m'en détourner elle s'imagina de me faire peur en me menaçant du diable qui viendrait certainement, disait-elle, m'emporter en sortant du bal, si jamais j'avais le malheur d'y mettre le pied.

« Une jeune fille de mes amies, qui demeurait à l'autre bout du village, s'était pourtant promis de m'y conduire; et après bien des ruses et des tours indignes qu'elle me fit jouer à ma bonne aïeule et dont je me suis bien repentie depuis, elle parvint à son but.

« Il était d'autant plus facile et par conséquent plus coupable de tromper la pauvre femme,
qu'elle était presque aveugle.

« Je ne me suis jamais plus ennuyée de ma
vie qu'à ce bal, où, au remords d'avoir trompé
ma bonne grand'mère, se joignaient la crainte
superstitieuse du diable qu'elle avait su m'in-
spirer, et la conviction qu'en sortant de là je
serais exposée à être enlevée par l'esprit malin.

« J'avais tellement peur de m'en retourner
à la maison toute seule, que je priai et conjurai
mon amie de m'accompagner jusqu'à ma porte,
mais ce fut en vain.

« Comme elle demeurait tout près du lieu
où nous étions allées danser, elle rentra de suite
chez elle, et j'avais un long chemin à parcourir
seule, par un beau clair de lune, il est vrai,
mais par un froid excessif.

« Cependant il fallait que cela se fît, et le plus
vite était le mieux. Prenant donc mon courage à
deux mains et me mettant à courir de toutes mes
forces, j'eus bientôt traversé le village, et il ne
me restait plus à parcourir qu'un petit chemin
étroit bordé de chaque côté d'un talus escarpé.

« Je me félicitais déjà d'être à peu près arrivée sans avoir fait de mauvaise rencontre, lorsqu'à peine engagée dans le petit sentier je vis, d'un côté du chemin, l'ombre bien dessinée, au clair de la lune, d'un monstre affreux avec de grandes cornes, qui me suivait par derrière en courant sur mes traces et en menaçant à chaque instant de s'élancer sur moi pour me saisir.

« Epouvantée au point d'en perdre presque la respiration tandis que mon cœur battait à se rompre, j'eus pourtant la force de précipiter encore ma course. Mais, oh! quelle horreur! le monstre fit comme moi, et à deux pas de la porte il s'élança sur mon dos où il se cramponna, et je tombai sans connaissance sur le seuil en jetant un cri perçant.

« Je ne sais pas ce qui se passa jusqu'au moment où j'ouvris les yeux en reprenant mes sens longtemps après. Je me trouvais dans mon lit, et j'avais à côté de moi une de nos voisines, qui me raconta que ma pauvre grand'mère, en entendant mon cri, était venue ouvrir la porte; mais ne pouvant pas me relever à elle seule, elle avait appelé notre plus proche voisine, et celle-ci étant venue, elles m'avaient portée dans mon lit, où elles me prodiguèrent tous les soins nécessaires pour me faire reprendre connaissance. Ma grand'mère venait de se coucher; elle ne voulait pas me parler jusqu'à ce que je fusse complétement remise.

« Elle était tellement irritée qu'elle ne voulait même pas me voir.

« Quant au monstre qui avait failli m'enlever, ma grand'mère resta toujours fermement persuadée que c'était le diable en personne, et pendant longtemps je l'ai cru aussi.

« Mais un soir, longtemps après, comme je passais par le même chemin en revenant à la maison, je vis la même ombre sur la route à côté de moi, et alors j'ai pu me convaincre que c'était notre vieille chèvre, qui avait cru sans doute que je voulais jouer avec elle ce soir-là lorsqu'elle me vit courir si fort, et qui, selon son habitude, ne demandait pas mieux que de folâtrer ainsi.

« Dans tous les cas, c'était une sévère leçon que j'avais reçue, et depuis ce jour je n'ai jamais remis les pieds dans un bal. »

Maria, qui avait fini sa tâche depuis quelques minutes, remercia beaucoup sa bonne Marguerite et alla se mettre au lit.

Mademoiselle Leprince, ayant aussi de son côté achevé la sienne, prit congé de Marguerite, qui la reconduisit jusqu'à sa porte, et la commande, ainsi terminée à temps, fut livrée le lendemain matin, comme Madame Stein l'avait promis.

Maria n'avait pas oublié le projet qu'elle avait formé d'apprendre à lire à son petit frère ; dès le lendemain elle lui donna un commencement d'exécution.

Ce n'était pourtant pas chose si facile, et plus d'une fois sa patience fut mise à de rudes épreuves ; mais elle s'était proposé un but qu'elle ne perdait pas de vue, surtout en pensant au plaisir qu'elle goûterait, ainsi que sa chère mère, quand Georges pourrait leur faire la lecture pendant qu'elles travailleraient à l'aiguille, assises à l'ombre des acacias ou sous le berceau du jardin.

La petite fille ne se serait probablement pas représenté ce joli tableau d'elle-même ; mais sa

mère lui en avait donné l'idée afin de l'encoura-
ger à persévérer dans son entreprise, qui n'offrait que des ennuis et des difficultés sans nombre au début, car le petit Georges, nous sommes
forcés malheureusement de l'avouer, était très
dissipé et très volontaire.

Madame Stein avait engagé sa petite fille
à stimuler les efforts de son frère en lui donnant quelques petites récompenses, telles que
des morceaux de sucre de dimensions lillipu-
tiennes, de petites pastilles ou autres friandises
de même valeur, dont l'effet manquait rarement
d'être des plus satisfaisants. Aussi, en bien
peu de temps, la petite institutrice eut-elle la
satisfaction d'entendre son élève lire à peu près
couramment de petites historiettes amusantes
et instructives, dont elle profita pour son propre
compte autant que lui.

Leur maman aussi était charmée de ce résultat, sachant combien les enfants peuvent apprendre de choses utiles, tout en se divertissant,
une fois qu'ils savent lire.

Un moyen qu'elle employa entre autres pour
arriver plus vite à un résultat si désirable, et

qui lui avait parfaitement réussi avec sa petite
Maria, ce fut de commencer une histoire bien
amusante, et, après y avoir intéressé ses petits
auditeurs au dernier point, de fermer le livre
en refusant absolument de la continuer jusqu'à
ce qu'ils en eussent déchiffré quelques pages
tout seuls.

Elle économisa avec un soin extrême une
petite somme qu'elle dépensa en livres d'enfants aussi intéressants qu'instructifs, tels que :
l'*Education familière* de Mademoiselle Edge-
worth, les *Veillées du château, Sandford et Mer-
ton*, par M. Day, et plusieurs autres du même
genre.

Quand Georges devint plus grand, ce furent
les voyages qui l'intéressèrent avant tout, ainsi
que les traits remarquables de bravoure et de
dévouement. Maria préférait les découvertes extraordinaires et scientifiques; et plus tard, quand
vint le tour de la petite Albertine, ce furent les
histoires émouvantes, tristes ou gaies, n'im-
porte, pourvu qu'elles fussent vraies, sans quoi
elles n'avaient pour elle qu'un faible intérêt.

VI

Albert Stein avait, à Munich, un oncle célibataire, frère de sa mère et son parrain à lui, un véritable savant comme on en voit tant en Allemagne, qui l'avait en partie élevé, et lui avait communiqué une certaine portion de son grand savoir

Ils n'avaient pas cessé de correspondre régulièrement jusqu'au jour où Albert, ne pouvant plus tenir la plume, avait prié sa femme d'écrire pour lui à son oncle, qui comprenait très bien le français, quoiqu'il ne le parlât qu'imparfaitement.

Ce fut un coup bien douloureux pour ce pauvre homme que la nouvelle inattendue de la maladie de son cher neveu, suivie presque immédiatement de celle de sa mort. A la réception de cette dernière et accablante communication,

il répondit de suite à la jeune veuve, en l'invi-
tant à venir avec ses enfants s'établir chez lui.
Mais Madame Stein, tout en lui exprimant sa
vive reconnaissance, ne voulut pas accepter cette
offre généreuse, sachant, d'après ce que son
mari lui en avait dit, que son oncle était loin
d'être fortuné, et présumant qu'en lui faisant
cette proposition il avait plutôt consulté son
cœur que sa bourse, et que probablement il savait bien mieux calculer la marche des corps
célestes que la dépense et le dérangement
qu'occasionnerait dans un ménage de garçon
l'arrivée de toute une famille de jeunes enfants.

Mais mein Herr Albert Kellermann ne se tint
pas pour battu, et « puisque la montagne ne
voulait pas venir le trouver, écrivit-il à sa nièce,
c'était à lui d'aller trouver la montagne, » et
d'après cette décision il s'occupa sérieusement
de ce déplacement si considérable, eu égard à
ses habitudes et à son âge.

Mais ceci exigeait plus de temps et de réflexion que le bon savant ne l'avait supposé, et
lorsque après avoir donné plusieurs mois à ses
préparatifs de départ il croyait pouvoir défini-

tivement prendre congé de ses amis, il se trouva
arrêté par une foule de choses auxquelles il n'a-
vait jamais songé ; il fut ainsi obligé d'ajourner
indéfiniment son projet de voyage. Enfin, après
une série de nouveaux délais sur lesquels il
n'avait pas compté, il écrivit un jour à sa nièce
qu'il se mettrait en route le lendemain matin, et
qu'elle le verrait arriver avant la fin de la se-
maine. Mais, cette fois encore, ses calculs se
trouvèrent complétement en défaut, et Madame
Stein l'attendit vainement toute cette semaine-là
et celle qui suivit, sans savoir à quoi attribuer
ce nouveau retard. Enfin, une lettre du digne
homme vint la tirer d'inquiétude en lui apprenant qu'au moment de monter en voiture, un
vieux et bien cher ami l'avait fait demander et
qu'il avait été obligé de se rendre chez lui avant
de partir. Il avait trouvé cet ami très malade et
dénué de toutes les ressources qui lui étaient
si nécessaires dans un pareil moment; et le
bon M. Kellermann n'avait pas hésité un instant
à remettre son voyage et à s'installer auprès du
pauvre malade, qui, vivant uniquement du produit de sa plume, se trouvait dans la plus triste

position par suite de cette altération subite de
sa santé.

M. Kellermann, après lui avoir fait donner
les premiers soins et s'être fait expliquer où en
était son dernier ouvrage, prit la plume, et avec
l'aide des notes qu'il avait trouvées écrites de
la main de son ami, il se mit au travail avec zèle
et ardeur, en sorte qu'au bout de quelques jours,
l'ouvrage se trouvant terminé, il le porta lui-
même à l'éditeur et en obtint un bien meilleur
prix que l'auteur ne l'avait espéré. Lorsque celui-ci voulut en partager le montant avec son
ami et collaborateur, ce dernier lui demanda
s'il était fou, et le quitta presque en colère.

Lorsque enfin il vit le malade tout à fait
rétabli, M. Kellermann se mit en route, cette
fois définitivement, et dans trois jours il se
trouva chez sa nièce, qui ne l'attendait plus. Il
n'avait pas voulu écrire de nouveau, persuadé
qu'il n'en faudrait pas davantage pour qu'il
n'arrivât pas cette fois encore.

Lucie avait grandement appréhendé que la
vie nouvelle qu'il allait mener, ainsi que le
changement de climat et d'entourage, ne fussent

nuisibles à son oncle, qui, sans être précisément un vieillard, était pourtant d'un âge où un
changement aussi radical pouvait être très difficile à supporter. Mais celui-ci la rassura en lui
disant qu'il avait beaucoup voyagé dans sa vie,
et que s'il avait connu quelques bons moments
il en avait connu beaucoup plus de mauvais.

Le bon oncle fut bientôt installé dans son
nouveau domicile, et Madame Stein et Marguerite se félicitèrent alors d'avoir conservé leur
jolie petite maison, car elle leur permettait de
lui offrir une belle chambre, ayant vue sur la
rivière et les bois qui s'étendaient au loin de
l'autre côté de l'eau, et qui lui rappelaient, à ce
qu'il disait, son charmant petit ermitage près
de Munich.

Tous ces délais, comme nous l'avons déjà dit,
avaient pris beaucoup plus de temps que M. Kellermann ne l'avait cru d'abord ; car il avait
voulu arranger ses affaires de manière à ne pas
être obligé de recommencer ce voyage fatigant
et coûteux ; et comme il s'entendait peu aux
choses pratiques de la vie, il avait été obligé de
s'y prendre à plusieurs fois avant d'arriver à

... dispositions définitives ; de sorte que lors-
... présenta chez sa nièce, il y avait déjà
... ... qu'elle était veuve.
... toute la cordialité et l'expansion d'un
... ami et d'un bon parent, il mit Madame
... au courant de ses petites affaires,
... que tout son avoir, qui malheureu-
... était pas considérable, était à elle et à
... Pourtant, ce petit surcroît de for-
... pour alléger de beaucoup ses in-
... sur leur avenir. Elle se trouvait en
... grandement soulagée au sujet de leur
... Son oncle, en effet, promit de s'en
... entièrement, et elle trouva dans cette
... un grand sujet de consolation, sur-
... rappelant combien leur père y tenait.
... petite pension que son oncle pouvait lui
... n'ajoutait pas beaucoup à ses revenus ;
... comme il vivait avec toute la sobriété d'un
... elle était plus que suffisante pour cou-
... le peu d'augmentation de frais qu'il lui oc-
casionnait, et sa présence ajoutait un grand
charme à ce simple et modeste intérieur. Cependant les expédients de Marguerite étaient

encore souvent d'une nécessité absolue, et ses
talents inventifs furent quelquefois mis à de
rudes épreuves.

Plus d'une fois, quand elle n'avait absolument rien à la maison dont elle pût confectionner un repas présentable, elle s'en allait en
cachette chercher dans le jardin et même dans
les champs des plantes et des herbes dont elle
trouvait moyen de composer des plats excellents, auxquels elle donnait des noms qui certainement ne leur appartenaient guère. Heureusement, elle n'avait pas affaire à des estomacs
bien difficiles, et le bon appétit que chacun apportait était le meilleur des assaisonnements.
Il n'y avait que la maîtresse de la maison qui
quelquefois se doutait bien que ce qu'on lui
présentait sous le nom d'une julienne ou d'un
potage aux herbes n'avait jamais vu la bêche
d'un jardinier; mais alors le dévouement de sa
bonne nourrice ne lui en paraissait que plus admirable, et elle gardait son secret avec soin et
reconnaissance.

Le bon M. Kellermann ne s'en apercevait
jamais; mais son désir de contribuer de son

mieux et de toutes les manières possibles au
bien-être de la maison, mettait souvent son esprit à la torture pour imaginer des moyens de
vivre à peu de frais, et faire coopérer à ce but
les ressources de la science. Aussi plus d'une
fois Marguerite, en rentrant d'une course éloi-
gnée, le trouva-t-elle installé dans la cuisine,
occupé à préparer quelque plat de son invention, et dont la recette, selon lui, devait se vendre au poids de l'or. Le pire était qu'il parvenait
rarement à lui faire partager son enthousiasme,
et alors elle ne se gênait pas pour lui dire que
son plat était tout bonnement détestable, ce
qui contrariait excessivement le bon savant, car
il tenait beaucoup à l'approbation de Marguerite, pour laquelle il avait une grande estime.
Cependant il ne se fâchait jamais, mais il en
éprouvait un véritable chagrin qui faisait plus
de peine à sa nièce que n'eût pu lui en causer
sa colère. Une fois, entre autres, il avait ima-
giné un mélange dont il se promettait monts et
merveilles, mais qui ne fut trouvé bon par personne; toutefois, ni Madame Stein ni Marguerite ne voulurent lui en exprimer leur désappro-

bation, dans la crainte de le chagriner; et la petite Maria, avec l'instinct du cœur qui était inné chez elle, imita leur réserve. Mais Georges, qui n'avait pas les mêmes motifs pour s'abstenir d'exprimer son opinion, lui demanda s'il avait rapporté cette fameuse recette de son pays, en ajoutant qu'il n'en faisait pas son compliment aux Allemands. Sa mère le renvoya de la chambre pour le punir de son inconvenance, et ce ne fut que sur les instances de son oncle qu'elle lui permit de revenir.

Une autre fois Marguerite, ayant une grande lessive à faire, se trouva tout à fait en retard pour le dîner, et pria sa maîtresse de vouloir bien s'en occuper un peu; mais celle-ci, très occupée à un ouvrage qui ne pouvait pas se faire attendre, remit une partie du soin de la cuisine à Maria, alors âgée d'environ dix ans. La petite fille, embarrassée de certains détails, et ne voulant pas déranger sa mère qui travaillait au fond du jardin, monta à la chambre de son oncle, qui ne lui refusait jamais aide et assistance lorsque la chose dépendait de lui, pour le prier de lui donner un conseil.

Comme elle l'avait quelquefois vu s'occuper de cuisine, elle crut qu'il devait s'y connaître un peu, et mieux qu'elle dans tous les cas.

Le bon oncle quitta de suite ses chères études pour descendre à la cuisine avec sa petite nièce; et là ils se trémoussèrent pendant plus d'une heure, en se consultant ensemble et se communiquant leurs suggestions réciproques avec un sérieux des plus comiques. Enfin, ce fameux dîner fut terminé et apporté sur la table, autour de laquelle chacun se plaça, décidé à y faire honneur. Mais, ô malheur! quand on goûta la soupe, il se trouva que le beurre y avait été complétement oublié ainsi que le sel; quant au ragoût, il avait été assaisonné avec du sucre en poudre que l'on avait pris pour du sel. Les deux cordons bleus reçurent là-dessus les compliments dérisoires de toute la société réunie, avec de vives instances pourtant de vouloir bien ne plus s'occuper de la cuisine. Mais ils se vengèrent de cette injustice criante, en taxant leurs convives de la plus noire ingratitude, puisqu'ils ne tenaient aucun compte de toute la peine qu'ils s'étaient donnée ni des combinaisons extraordinaires qu'ils avaient imaginées.

Depuis ce jour-là, chaque fois que Marguerite était obligée de s'absenter de sa cuisine vers l'heure des repas, elle avait soin d'en mettre la clef dans sa poche, redoutant, et pour cause, les expériences culinaires du bon professeur, aidé des conseils de son jeune aide d'office.

M. Kellermann avait entrepris la rédaction d'un petit ouvrage scientifique, et dans ce but il avait réuni une quantité considérable de matériaux de toute espèce.

Afin d'enrichir sa collection d'une pièce importante, il alla un jour à Paris passer plusieurs heures à la Bibliothèque impériale. A son retour, il trouva la petite Albertine assise par terre, dans sa chambre, occupée à fabriquer des cornets, comme son oncle lui avait appris à les faire, pour y conserver des graines. Et quelle ne fut pas la consternation du pauvre professeur, lorsqu'en examinant le papier qu'elle y employait, il trouva qu'il contenait les divers articles qu'il avait réunis avec tant de soin pour en composer son livre ; ils avaient été écrits sur des feuilles volantes qu'il n'avait pas eu la précaution de mettre sous clef. Il en éprouva une bien grande contrariété, et pendant quelques secondes il fit de grands efforts pour maîtriser sa colère. Enfin, étant parvenu à se calmer suffisamment pour pouvoir parler sans emportement, il prit l'enfant par la main et la conduisit auprès de sa mère, à qui il fit part de sa mésaventure et de son désappointement. Madame Stein en eut un extrême regret, et depuis ce jour l'entrée de la chambre de son oncle fut entièrement interdite aux enfants. Cette prohibition pourtant était superflue, car le chagrin de leur mère et la contrariété que ce petit incident avait occasionnée à leur bon oncle étaient bien suffisants pour leur ôter toute envie d'y rien toucher désormais, ni même d'en dépasser la porte sans sa permission.

Quant à la petite coupable, elle n'oublia jamais le chagrin qu'elle avait causé à ce cher parent, et par la suite elle devint encore plus soigneuse de ses papiers que son oncle lui-même.

L'objet des regrets du vieillard était bien

moins d'être déçu dans son ambition, que de
voir s'évanouir un surcroît de bien-être qu'il
avait espéré réaliser pour la famille de sa nièce,
par la publication de son livre. Il n'eut jamais
le courage de recommencer ce long travail, car
plusieurs des pièces les plus importantes ayant
été déchirées ou perdues, il lui aurait fallu
consacrer trop de temps à les rétablir; bientôt
après même il y renonça entièrement à la suite
d'une visite de M. Raymond, un de leurs voisins, qui vint lui proposer de faire l'éducation
de ses enfants.

La seule observation qu'il fit là-dessus plus
tard fut adressée à sa petite filleule, comme il
l'appelait, à laquelle il dit, de même que Newton, le philosophe anglais, à son petit chien Fidèle, qui, lui aussi, avait lacéré les papiers de
son maître, d'une importance toutefois beaucoup plus grande :

— Tu ne sais pas, Albertine, de quels trésors
de science tu as privé le monde!

VII

M. Kellermann avait entrepris, comme nous l'avons dit, l'éducation des enfants de son neveu, et il y consacrait religieusement quatre heures tous les matins. L'après-midi, Maria, et plus tard sa petite sœur, étaient occupées à la couture, sous la direction de leur maman.

Le bon oncle, doux et indulgent pour ses petites nièces, était extrèmement sévère pour Georges, car il avait compris que son caractère vif et léger exigeait une grande fermeté; et la jeune mère était bien heureuse d'avoir trouvé un ami si éclairé et si dévoué pour ses enfants.

Georges devait travailler assidûment quatre heures par jour aux études dont son oncle lui donnait la direction, sans compter les deux heures qu'il lui consacrait exclusivement. La plus grande punition que le professeur pût infliger à son élève lorsque sa tâche n'était pas accomplie, c'était de le bannir des petites réunions de famille qui avaient lieu pendant deux heures chaque soir avant le souper, et où l'on faisait des lectures intéressantes entremêlées de récits et d'anecdotes variés et de l'explication des merveilles de la nature.

La famille de M. Raymond, composée de plusieurs enfants, demeurant à deux pas de la famille de Madame Stein, avait l'habitude de venir souvent partager les heures de récréation et les jeux de nos petits amis; mais Maurice, l'aîné, plus âgé que Georges de deux ans, était d'un caractère orgueilleux et despotique qui s'accordait rarement avec la vivacité naturelle de ce dernier; aussi s'ensuivait-il souvent des querelles graves à la suite desquelles Maurice s'absentait plusieurs jours de suite.

Madame Stein ne voulait jamais permettre à ses enfants de visiter ses voisins sans elle, la famille Raymond en particulier, et cela pour plusieurs raisons; mais principalement parce que la fortune dont celle-ci jouissait faisait qu'on y déployait un certain luxe dont la prudente mère redoutait l'impression sur le cœur de ses enfants; elle craignait pour eux l'effet de ce contraste avec leurs propres habitudes, simples et sans prétention. Afin d'éviter toute discussion sur ce point, ainsi que des refus continuellement renouvelés, elle préféra s'en expliquer franchement avec M. et Madame Raymond, qui comprirent parfaitement et surent apprécier ses motifs, et qui ne l'en estimèrent que davantage.

Charles Raymond, du même âge que Georges, et d'un caractère doux et aimable, était, avec sa petite sœur jumelle, Aline, le commensal habituel de la maison de Madame Stein, où ils se plaisaient extrêmement, et où leur bonne était sûre de les trouver toutes les fois qu'elle ne les entendait plus à la maison ou au jardin. Madame Raymond, en venant les chercher un jour chez sa voisine, dit à celle-ci :

— Mais vraiment, ma chère Madame Stein, il faut absolument que je vous paye la pension de mes enfants, qui sont toujours chez vous, et qui, si je les écoutais, y dîneraient et même y coucheraient tous les jours; ils ne trouvent rien de bon à la maison comme chez vous.

— Surtout lorsque c'est mon oncle qui fait l[a]
cuisine, ajouta Georges, qui se trouvait là.

— Veux-tu bien te taire, méchant enfant, d[it]
M. Kellermann qui venait d'entrer et allait s[e]
mettre au travail.

Madame Stein avait bien peur que son oncl[e]
ne fût sérieusement en colère contre George[s]
pour sa sortie irrespectueuse, et elle réprimand[a]
sévèrement le petit espiègle. Mais elle se trom[-]
pait; jamais le bon parent ne se fâchait pour c[e]
qui le touchait personnellement; et sa sévérit[é]
envers son petit neveu ne se manifestait qu[e]
dans les cas où celui-ci négligeait ses devoirs.

Georges se reconnaissant en contravention[,]
car c'était l'heure des études, se sauva comm[e]
un coupable pris en flagrant délit, et M. Kel[-]
lermann raconta lui-même à Madame Raymond
ses malheureux débuts dans l'art culinaire, c[e]
dont elle rit de bon cœur.

La proposition de leur voisine n'en resta pa[s]
là pourtant. Son mari et elle s'étaient souven[t]
entretenus de l'avantage qui résultait, pour l[e]
caractère ainsi que pour l'instruction de leur[s]
enfants, de la société de leurs aimables voisins.

Aussi M. Raymond finit-il par demander sérieusement à M. Kellermann s'il voulait bien
entreprendre l'éducation de Charles et d'Aline
de la même manière et aux mêmes heures
que celle de son neveu et de ses nièces. Maurice était en pension à Paris depuis quelques
mois.

Le bon précepteur, trouvant dans cet arran-
gement un certain profit pour ses jeunes élèves,
à cause surtout de l'émulation qui devait nécessairement s'ensuivre, y consentit de bon cœur.
Madame Stein, de son côté, ne crut pas devoir
refuser les avantages pécuniaires provenant de
la pension libérale que M. Raymond la força
d'accepter pour les deux repas auxquels ses enfants devaient participer avec les siens. Quant
à leur éducation, disait-il, il n'était pas assez
riche pour la payer, et il faudrait qu'elle et son
oncle consentissent à lui en faire crédit, dans
l'espoir qu'il pourrait un jour non pas s'acquit-
ter, mais leur en témoigner sa reconnaissance
d'une manière digne du service qu'ils lui auraient rendu.

Madame Raymond désirait que sa voisine fît

partager à sa fille toutes les occupations des siennes, et pour cela qu'elle l'occupât comme elles à la couture et aux soins du ménage, sous la direction de Marguerite, qui, d'après le désir de leur mère et les conseils de leur oncle, avait entrepris leur éducation dans ce département, sans oublier celui de la cuisine. Or, le premier dîner préparé entièrement par leurs mains fut trouvé excellent, malgré les tâtonnements de leur frère, d'abord comiques, mais qui se changèrent en gestes d'admiration avant la fin du repas.

La présence régulièrement suivie de Charles et d'Aline Raymond aux petites réunions du soir, contribua beaucoup au bien-être général en donnant un lecteur et une ouvrière de plus à la petite communauté. Il n'y eut même pas jusqu'à la bonne Marguerite qui ne voulût y assister; et pour cela elle avait soin de faire les préparatifs nécessaires au repas du soir, avec l'aide de ses trois petites élèves de cuisine, avant l'heure consacrée à la lecture. En été, il fut unanimement convenu qu'on mangerait toujours froid à cette heure-là, à l'ombre du beau noyer, au milieu de la pelouse verte et lisse comme du velours, qui s'étendait devant la porte.

La première soirée après l'installation de ses nouveaux élèves, M. Kellermann mit entre les mains de Georges le récit suivant, dont il le pria de faire la lecture à haute voix, pendant que ses sœurs et Aline travaillaient à l'aiguille, sous la direction de sa mère, et que Charles et lui s'occupaient de dessin linéaire.

VIII

UN HOMME, PUIS UN ENFANT PERDUS DANS L'ESPACE.
PREMIÈRES EXPÉRIENCES D'AÉROSTATION.

« Il s'est passé dans le Michigan une émouvante aventure, dont nous trouvons les péripéties dans la *Tribune*, de Détroit :

« Au mois d'octobre 1859, une ascension en
ballon eut lieu à Adrian, à l'occasion d'une fête
des environs. Le ballon était bien construit et
de grande dimension, car, après son gonflement, il atteignait à la hauteur d'une maison de
deux étages. Vers neuf heures du matin, deux
personnes, MM. Banister et Thurston, prirent
place dans la nacelle, et, après être restés quarante minutes dans les airs à une élévation
considérable, ils descendirent sains et saufs
dans la direction de Tolédo, au milieu des bois
qui avoisinent Riga, comté de Lenawee. Les

gens des environs accoururent pour prêter aide aux aéronautes, et l'on se mit à dégonfler le ballon pour le rapporter à Adrian.

« Dans ce but, l'aérostat fut couché sur le côté, afin d'enlever plus aisément le filet et de faire agir la soupape. M. Thurston ôta son habit, s'attacha aux cordages, et donna l'ordre de détacher la nacelle, tandis que lui-même maintiendrait, par son propre poids, le ballon en partie dégonflé. Malheureusement son calcul se trouva faux, car, à peine débarrassé du poids de la nacelle, le ballon s'enleva comme une fusée, emportant avec lui l'infortuné aéronaute dans le réseau de cordes et de soie qui flottait au-dessous.

Ce fut dans cette position que ses compagnons, frappés d'effroi, le virent monter et disparaître peu à peu au milieu des nuages.

« Il n'y avait pas à se dissimuler qu'aucun moyen possible n'était laissé à l'aéronaute pour opérer sa descente. La portion du ballon encore gonflée de gaz se trouvait à douze ou quinze pieds au-dessus de sa tête.

« Il était sans ressources pour arriver à la

soupape ou pour la faire agir, et il lui était tout aussi impossible de perforer le tissu pour ouvrir une issue au gaz. Se cramponner ou se fixer de son mieux à son soutien précaire et se laisser emporter.où les courants de l'atmosphère pousseraient le ballon, voilà tout ce qui lui restait à faire.

« La machine aérienne, abandonnée à elle-même, continuait toujours à monter, poussée dans la direction de Détroit et du lac Érié. Partie à onze heures, on l'aperçut un peu après midi, de Blissfield (comté de Lenawee), paraissant être à une hauteur de trois milles et de la grosseur d'une étoile.

« A une heure et un quart, elle avait encore monté dans la direction de Malden, et n'était presque plus visible.

« Quelques instants plus tard, on avait cessé de l'apercevoir.

« Que se passa-t-il à partir de ce moment? Le malheureux aéronaute continua-t-il à se maintenir sur son effrayant support? La raréfaction de l'air, en lui faisant perdre connaissance, détermina-t-elle une chute dont la pensée

fait frissonner, ou, ce qui serait pis encore,
M. Thurston perdit-il graduellement ses forces
sans perdre le sentiment de sa position jusqu'au
moment où il aura été lancé dans l'espace? C'est
là une énigme terrible dont le mot ne sera sans
doute jamais connu. »

« Le même journal parle d'un accident de
même nature, survenu presque vers le même
temps, mais dont le dénoûment a été heureusement moins funeste :

« Un aéronaute, du nom de Brooks, étant
descendu avec son ballon sur les terres d'un
M. Hervey, fermier aux environs de Centralia
(Illinois), laissa à la ferme son compagnon de
voyage, nommé Wilson, pour vider et rapporter
l'aérostat.

« Le ballon fut attaché à une forte barrière,
et avant qu'il fût complétement dégonflé,
M. Hervey, le fermier, et sa femme, voulurent
se donner les émotions d'une ascension captive.

« L'opération se répéta à plusieurs reprises,
au moyen de la corde de l'ancre, au grand plai

sir des deux époux. Lorsqu'ils descendirent de
la nacelle, deux de leurs enfants, une petite fille
de huit ans et un petit garçon de cinq, voulurent avoir leur part de l'ascension, et insistè-
rent tellement pour « aller aussi en l'air » que
M. Wilson les plaça à leur tour dans la nacelle,
et laissa remonter l'aérostat.

« Tout à coup la corde lui échappe des mains,
et le ballon dégagé s'élève avec la rapidité d'une
flèche dans le ciel, où il emporte les deux enfants. On ne tarda pas à le perdre de vue.

« On devine mieux qu'on ne saurait l'exprimer l'angoisse du jeune homme et le désespoir
du père et de la mère en ce moment.

« Le jeune Wilson courut aussitôt à Centralia porter la terrible nouvelle à M. Brooks, et
lui demander avis. Mais quel avis pouvait donner l'aéronaute, sinon de se mettre de suite à
la recherche du ballon, pour savoir le sort des
enfants, qui, selon toute probabilité, seraient
ou morts de froid pendant la nuit ou précipités
de la nacelle.

« Tel ne devait pas être, fort heureusement,
le dénoûment de cette singulière aventure. Le

lendemain matin, au point du jour, un fermier de New-Carthage, demeurant à quarante-trois milles de chez M. Hervey, aperçut le ballon encore en l'air, mais fixé à un arbre de sa cour par l'ancre qui s'était accrochée aux branches. Ayant appelé immédiatement ses gens, ils n'eurent pas de peine à attirer à eux le ballon, et trouvèrent dans la nacelle les deux enfants.

« Le petit garçon était profondément endormi, et sa jeune sœur, qui n'avait pas fermé l'œil de la nuit, veillait sur lui avec une sollicitude toute maternelle.

« Elle raconta que lorsqu'elle se sentit emportée dans les airs, elle se prit à pleurer en criant à son père de la faire descendre. Elle passa au-dessus d'une ville (Centralia), où elle vit beaucoup de gens assemblés, auxquels elle cria de toutes ses forces d'arrêter le ballon. Mais, bien qu'ils suivissent des yeux l'aérostat avec curiosité, ils étaient loin de supposer que la nacelle contînt deux enfants abandonnés à la merci du ciel.

« Bientôt le petit garçon se mit à pleurer de

froid. Sa sœur détacha alors son tablier, l'en enveloppa et l'endormit.

« Tout en maniant les cordes qui pendaient à sa portée, elle finit par remarquer qu'il y en avait une (celle de la soupape) qui semblait faire descendre le ballon quand elle la tirait.

Elle s'y suspendit à plusieurs reprises, et sans s'expliquer ni pourquoi ni comment, elle reconnut qu'elle s'était beaucoup rapprochée de la terre.

« Enfin, une secousse assez violente, suivie d'une immobilité complète, lui fit croire qu'ils devaient être « arrivés quelque part. » Elle reconnut, en effet, une maison dans l'obscurité, et attendit patiemment qu'on vînt à son secours, épuisée qu'elle était d'avoir crié et appelé pendant plusieurs heures.

« Lorsqu'on retira les deux enfants sains et saufs de la nacelle, ils y étaient restés à peu près treize heures. Ils ont été ramenés à leurs parents, qui ont ainsi passé en peu de temps de l'extrême désespoir au comble du bonheur. »

« C'est aux frères Joseph et Etienne Montgolfier, papetiers d'Annonay, qu'appartient la gloire d'avoir, les premiers, élevé en l'air une machine capable de soulever un poids considérable. Ils songèrent d'abord à remplir d'hydrogène des enveloppes de papier ou de soie ; mais le gaz, s'échappant avec facilité à travers ces enveloppes, ils eurent recours à l'air chaud, qui pèse beaucoup moins que l'air froid sous le même volume.

« Après quelques essais en petit, ils firent une expérience capitale à Avignon, en 1782, avec un globe de toile doublé de papier, de 10 mètres de diamètre ; ce globe fut gonflé avec de l'air chaud en allumant un grand feu au-dessous d'une large ouverture ménagée à la partie inférieure de l'appareil.

« Cette machine s'éleva en l'air avec rapidité. L'expérience fut répétée publiquement à Annonay, le 5 juin 1783, avec un succès complet. L'Académie des sciences en reçut la nouvelle, et invita les frères Montgolfier à venir faire des expériences à Paris.

« Pendant que les Montgolfier faisaient leurs préparatifs pour satisfaire à la demande de l'Académie des sciences, plusieurs physiciens de Paris construisaient un ballon de 4 mètres de diamètre avec du taffetas vernis au caoutchouc. Ce ballon fut rempli de gaz hydrogène dans la maison du physicien Charles, située place des Victoires ; on le laissa partir en le retenant avec une corde, et on le vit monter à 40 mètres environ. A ce spectacle, disent les journaux du temps, une nombreuse *populace* accourut de toutes parts ; les visiteurs affluèrent dans la maison de Charles, et repoussèrent une garde du guet à pied et à cheval qu'on avait établie à la porte. Il fallut laisser libre accès aux curieux.

L'expérience devait être faite le lendemain, en grande pompe, au Champ de Mars ; le ballon y fut transporté pendant la nuit, sur un brancard, précédé de torches allumées, entouré d'un cortége nombreux, et escorté par un détachement du guet à pied et à cheval.

« Cette singulière cérémonie frappa de stupeur les quelques passants que l'on rencontra ; plusieurs cochers de fiacre arrêtèrent leurs voitures et se prosternèrent humblement, chapeau bas, pendant tout le temps que dura le défilé.

« On acheva de gonfler le ballon sur place ; il devait s'élever à cinq heures ; mais dès trois heures le Champ de Mars et les environs étaient couverts d'une foule immense. Des savants étaient placés sur les tours Notre-Dame, sur la terrasse du Garde-Meuble et à l'Ecole militaire, avec des instruments propres à diverses observations. A cinq heures, un coup de canon annonça que l'expérience commençait, et le ballon s'éleva en deux minutes à 976 mètres; il se perdit alors dans un nuage obscur, mais reparut, un instant après, beaucoup plus haut.

« Jamais expérience de physique n'excita plus d'enthousiasme; la pluie tombait par torrents et n'empêchait pas les dames élégamment vêtues de suivre des yeux le navire aérien sans quitter leurs places.

« Trois quarts d'heure après, le ballon tomba près de Gonesse; il fut ramassé par des paysans qui le traînèrent à travers les champs et le mirent hors de service.

« L'expérience de Charles eut lieu le 27 août 1783. Le 19 septembre de la même année,

Etienne Montgolfier fit partir, de la grande cour du palais de Versailles, un immense aérostat gonflé à l'air chaud, et construit avec de la toile recouverte de papier. L'expérience se fit en présence du roi, de sa famille et d'une foule de curieux qui s'étaient placés jusque sur les toits des maisons. On avait suspendu à la machine une cage contenant un mouton, un coq et un canard, qui furent retrouvés sains et saufs dans le bois de Vaucresson, où l'aérostat descendit après s'être maintenu pendant huit minutes à une hauteur de 480 mètres.

« Le 1er décembre, Charles et Robert partirent du jardin des Tuileries avec un ballon de taffetas verni et gonflé à l'hydrogène, qu'ils avaient fait construire au moyen d'une souscription. Voici en quels termes lyriques un auteur contemporain décrit le départ des aéronautes :

« Le globe s'ébranle, le char quitte la terre,
« et, s'élevant au milieu du silence et de l'ad-
« miration, permet, par sa marche tranquille
« et modérée, de suivre des yeux et du cœur
« deux hommes intrépides qui, semblables à
« deux demi-dieux, se dirigent vers le séjour

« des immortels, pour y recevoir le prix du cou-
« rage et de l'intelligence, et y porter le nom à
« jamais célèbre des Montgolfier. »

« L'année suivante, on osa effectuer en ballon
la traversée de France en Angleterre. Le
13 juin 1785, Pilâtre de Rozier et Romain pé-
rirent victimes d'une semblable entreprise. Ils
partirent de Boulogne portés par un ballon à
gaz hydrogène, auquel était suspendue une
montgolfière ou ballon à air chaud.

Bientôt après on vit l'appareil tomber d'une
grande hauteur avec une effrayante rapidité ;
on attribua cet accident à l'inflammation du
gaz hydrogène.

« Au mois de juin 1786, un aéronaute nommé
Testu partit de Paris dans l'après-midi, et passa
la nuit dans son ballon. Vers cinq heures du
matin, il s'approcha de terre au-dessus de la
plaine de Montmorency ; mais les paysans accoururent en foule, saisirent la corde qui pen-
dait à la nacelle, et refusèrent de laisser partir
l'aéronaute avant qu'il eût payé le dommage
fait au propriétaire du champ, qui avait été ra-
vagé par les curieux.

« On s'empara même du manteau du voyageur. Celui-ci, renonçant à employer la force
pour s'échapper, eut recours à la diplomatie; il
proposa aux paysans de le remorquer jusqu'au
village, où il s'arrangerait à l'amiable avec eux;
plus de vingt personnes s'attelèrent à la corde
et entraînèrent le ballon. Testu jeta un sac de
lest et coupa la corde, qui retomba sur les paysans ébahis et chargeant d'imprécations l'aéronaute, et celui-ci disparut bientôt dans les airs.
Il prit terre près de Vareville, puis remonta à
une grande hauteur, et séjourna pendant trois
heures au milieu de nuages orageux où la foudre
éclata plusieurs fois à côté de lui. Après avoir
vu lever le soleil, Testu descendit à vingt-cinq
lieues de Paris, à quatre heures du matin.

« En 1793, le Comité de salut public, sur la
proposition de Monge, ordonna la création
d'une compagnie d'*aérostiers* à l'armée du Nord.

« Au siége de Maubeuge, on fit un premier
essai qui donna d'utiles renseignements sur les
travaux des assiégeants. A la bataille de Fleurus,
le général Moreau resta pendant deux heures
dans un ballon élevé à 400 mètres, et envoya

au général Jourdan deux lettres contenant des indications détaillées sur les mouvements de l'ennemi.

« Les ballons employés pour de semblables usages doivent toujours être *captifs,* c'est-à-dire retenus par des cordes ; c'est un inconvénient grave, car le vent tend toujours à rabattre les ballons captifs vers la terre. Aussi a-t-on renoncé à l'emploi des aérostats dans l'art militaire. »

IX

Le lendemain ce fut le tour de Charles, qui lut ce qui suit à son auditoire :

« Malgré tout ce qu'on avait pu lui dire du danger qu'il y a à s'aventurer seul trop près des montagnes de Huskokur, en Illyrie, M. G..., fils d'un négociant de Genève, avait voulu se rendre de Bruck à Laybach en côtoyant la chaîne habitée par les montagnards, et il s'était mis en route vers la fin de 1860.

« Le lendemain de mon départ, nous rapporte ce jeune homme, qui pour l'heure se trouve à Paris, je cheminais monté sur un de ces petits chevaux du pays, seuls capables de se tirer d'affaire dans ces contrées de broussailles, et, guidé par le propriétaire de la bête, j'arrivai le soir dans une auberge isolée, dont l'unique salle était pleine de charbonniers qui buvaient et faisaient un vacarme épouvantable.

« J'allais donc prendre place au hasard au milieu de cette société bruyante, quand j'aperçus à l'extrémité de la pièce, et assis tout seul au-dessous de l'unique quinquet qui éclairât le repaire, un voyageur dont la physionomie et le costume contrastaient avec les allures des autres, et je m'empressai d'aller lui faire vis-à-vis ; mais lui ne répondit seulement pas au salut que je lui adressai en m'asseyant, et n'eut pas l'air de s'apercevoir de ma présence.

« Cependant les conversations, un instant interrompues par mon arrivée, avaient recommencé de plus belle; mais je n'y comprenais pas un mot, le dialecte de ces gens-là m'étant tout à fait inconnu.

« — Monsieur, me dit, au bout d'un quart d'heure et en fort bon allemand, mon taciturne vis-à-vis, tous ces bandits se préparent à se jeter sur vous pour vous dévaliser; pourtant n'ayez pas peur : dès que vous les verrez quitter leurs places, empressez-vous d'éteindre le quinquet, glissez-vous sous la table, et gagnez la porte à quatre pattes, moi je me charge du reste.

« Et comme je voulais lui demander quelques explications :

« — Silence! ajouta-t-il, et attention!

« Au bout de quelques instants, en effet, tous les buveurs se lèvent en masse et arrivent vers le coin où nous nous trouvions; mais, fidèle aux instructions que j'ai reçues, je souffle le luminaire et disparais sous la table. Aussitôt j'entends dans l'ombre un sifflement comme celui d'un jonc qui fouette l'air, puis des cris de douleur et de rage, et puis enfin des voix étouffées comme celles d'hommes qui se pressent les uns contre les autres pour éviter un danger... J'ai su depuis que c'était avec un nerf de bœuf plombé que mon obligeant inconnu châtiait, à la faveur des ténébres, cette bande de vauriens.

« Cependant, j'étais blotti derrière la porte, attendant l'issue de l'événement, lorsque mon voisin, arrivant près de moi :

« — Maintenant, en route, me dit-il à mi-voix, et ne nous amusons pas!

« Aussitôt nous sortons, nous enfermons tout le monde à double tour, et nous gagnons le large.

« — Mais mon pauvre guide qui est là dedans avec ces gens-là! m'écriai-je au bout d'un instant.

« — Votre guide est un gredin comme les autres ; c'est lui qui leur a dit que vous avez de l'argent, une montre, etc. ; il devait avoir sa bonne part du butin.

« Malgré les fatigues de la journée, les émotions de cette scène m'avaient rendu des jambes ; je marchai toute la nuit avec mon nouveau compagnon, et le lendemain au jour nous étions en plein pays allemand ; il n'y avait plus de danger. Quant à mon sauveur, une fois le péril passé, il était redevenu taciturne comme auparavant, et le lendemain même, il me quitta en me recommandant seulement, si jamais je repassais dans ces contrées, de ne pas prendre de guide, ce qui dénote toujours une certaine aisance, et surtout de ne plus porter ma sacoche en sautoir ainsi que je le faisais ; et comme, au moment de nous séparer, je lui demandais avec instance qui il était, afin que je pusse savoir au moins à qui je devais un pareil service :

« — Je suis, me dit-il en me saluant, je suis bien votre serviteur !

« Puis il me tourne le dos et s'en va par un sentier à droite de la route... Singulier homme!

« Deux mois plus tard, me trouvant encore à Laybach, je vois tout le monde qui s'empresse vers la place du marché. Poussé par la curiosité, je fais comme tout le monde; j'arrive au rendez-vous commun, et j'aperçois bientôt une foule immense qui se pressait autour d'une potence : c'était un homme qu'on allait pendre. Mais jugez de ma surprise quand, au haut de l'échelle, appuyé au gibet, j'aperçois, se tenant les bras croisés et attendant l'arrivée du patient, mon libérateur de l'auberge des charbonniers : c'était le bourreau de la ville! »

A quelques jours de là, Mademoiselle Leprince demanda la permission de venir apporter l'aide de son aiguille à la petite communauté; elle avait mis au fond de son panier à ouvrage un pâté de sa fabrication qu'elle remit à Marguerite en passant par la cuisine. Elle désirait par ce moyen participer au repas de la famille.

Cette excellente amie présenta en outre à Georges un petit manuscrit d'une écriture fine, mais très lisible, intitulé : *Recueil d'anecdotes sur des personnages connus.* Elle avait pris la peine de le rédiger elle-même, en mettant à contribution le répertoire tout entier de ses nombreux amis et connaissances.

La bonne demoiselle fut admise, sur sa demande, à faire partie dès lors de la petite assemblée, et insista pour qu'on lui permît de contribuer, autant qu'il serait en elle, à l'utilité et à l'agrément de la petite société.

Georges commença cette nouvelle série de lectures par l'*Omelette de l'Impératrice :*

« On connaît les habitudes simples de la seconde impératrice et la naïveté de son esprit.

« Elevée dans les goûts les plus modestes, elle les avait transportés jusque dans le palais des Tuileries. Napoléon disait à Saint-Hélène « qu'il « avait été fort occupé de deux femmes très dif- « férentes : l'une était l'art et les grâces, l'autre « l'innocence et la simple nature ; et chacune ,

« ajoutait-il, avait bien son prix. » (*Mémorial.*)

« Pour donner une idée de l'aimable naïveté d'esprit de Marie-Louise, il n'y a qu'à rappeler ce qu'elle dit un jour à son chambellan, **M. de Brissac.** Celui-ci parut une fois devant elle, orné des insignes d'un ordre de récente création où étaient figurés le lion de Cassel, le cheval de Brunswick, le dragon de Danemark. « Mon Dieu! « s'écria l'impératrice, il n'y a donc que des « bêtes dans cet ordre-là! » M. de Brissac baissa la tête, non pas en signe d'assentiment, mais pour cacher une espèce de confusion, n'apercevant pas tout de suite le sens que Marie-Louise voulait donner à ses paroles.

« Il prit un jour à l'impératrice la fantaisie de faire une omelette. Remarquez en passant que cette princesse ne dérogeait point en cela, car pareille envie de cuisiner vint souvent à de grands personnages : à Condé, à Vendôme, au régent de France, à Louis XV et à tant d'autres. Marie-Louise se fait donc apporter tous les ustensiles nécessaires à cette opération. Ils étaient d'argent et d'une blancheur éclatante. De ses jolis doigts roses et potelés, elle casse les œufs dans un bassin (et notez que ces œufs venaient de la Malmaison ; Joséphine avait l'habitude d'en envoyer à l'empereur). L'œil bleu de Marie-Louise brillait de plaisir à l'idée de fabriquer elle-même cette omelette, et elle s'était même réservée une petite place à son dîner pour faire honneur aux mets de sa composition.

« Elle battait ses œufs avec une grâce et une prestesse que ne possédèrent jamais les plus insignes cordons bleus. Pendant ce temps, une jeune fille charmante, Mademoiselle de N..., qui l'avait suivie de Vienne, et qui appartenait à une des familles les plus distinguées de la noblesse allemande, était occupée à écraser du sucre. Tout est prêt, le feu brille dans un réchaud ; la poêle reçoit le beurre, qui bruit bientôt au contact de la chaleur, et l'impératrice y jette les œufs ; ils répandent dans le salon ce parfum de cuisine si excitant pour l'estomac de ceux qui n'ont pas dîné.

« Tout à coup l'empereur entre sans être annoncé : l'impératrice, qui était courbée (car son réchaud était établi dans une cheminée), se redresse et s'efforce de cacher la poêle comme une écolière surprise en faute.

« — Que se fait-il donc ici ? dit l'empereur. Je sens une singulière odeur, on dirait d'une friture. Puis, passant derrière l'impératrice, il découvre le réchaud et les autres préparatifs. Quoi! dit il, vous faites une omelette? Bah! vous n'y entendez rien. Je veux vous montrer comment on s'y prend.

« L'empereur envoie chercher un tablier de cuisine qu'il se noue autour des reins, et continue l'omelette commencée.

« Napoléon dégaîne son épée et en promène la pointe sous l'omelette rebelle, puis, quand il croit s'en être rendu maître, il donne la secousse traditionnelle sur la queue de la poêle et il lance l'omelette en l'air; mais un fragment qui tenait encore au fond l'empêche de tourner et elle tombe à terre. L'impératrice et Mademoiselle N... accueillent ce malheur en riant aux éclats, et Napoléon surtout fait entendre ce gros rire homérique qui lui était particulier.

« Sur ces entrefaites, un jeune officier, M. R..., porteur d'une dépêche de M. de Caulaincourt,

ambassadeur en Russie, demande à être reçu.
On était au moment d'une rupture avec cette
puissance à cause de graves infractions qu'elle
avait faites au traité de Tilsitt. La dépêche était
fort importante, et M. de Caulaincourt avait
recommandé à son courrier de faire toute la
diligence possible. Le malheureux jeune homme,
exécutant ses instructions à la lettre, avait aban-
donné sa voiture sur la frontière, et était monté
en selle afin d'aller plus vite ; il était même resté
plus de vingt-quatre heures sans prendre aucune
nourriture.

« Napoléon fait entrer le courrier, malgré
l'étrangeté du spectacle dont celui-ci allait être
témoin, et peut-être aussi pour se réjouir de sa
surprise.

« Le jeune officier, en effet, fut on ne peut
plus étonné de trouver ces grands personnages
en train de faire de la cuisine et de voir le vainqueur de Marengo avec un tablier sur sa cu-
lotte. Il remet sa dépêche en s'inclinant profondément et il profite de sa situation pour jeter
un coup d'œil sur les ustensiles et sur cette
omelette qui gisait à terre.

« Napoléon rompt brusquement le cachet de l'enveloppe, et un nuage rapide traverse son front ; mais, avec cette puissance de se maîtriser et cette facilité de passer d'une préoccupation grave à un sujet plaisant qui lui étaient familières, il revient à son omelette, la ramasse avec une spatule et la remet toute retournée dans la poêle.

« — Sire, dit M. R..., M. l'ambassadeur m'a expressément recommandé de lui rapporter une réponse dans le plus bref délai.

« — M. de Caulaincourt, reprit l'empereur, est bien exigeant ; il nous empêchera donc de finir notre omelette ? La voilà terminée. Asseyez-vous à ce bureau, Monsieur, vous allez écrire la réponse.

« Le jeune officier avait des éblouissements ; sa voix s'éteignait, sa main tremblait, son estomac réclamait énergiquement une nourriture trop longtemps attendue.

— Sire, dit l'officier d'un ton dolent et l'œil effaré, voilà vingt-quatre heures que je n'ai rien pris : je me sens sérieusement indisposé, et je ne sais si je pourrai remplir jusqu'à la fin les fonctions que Votre Majesté me confie en ce moment.

« — Mais, Louise, voilà notre affaire, s'écrie l'empereur en riant de l'idée qui lui venait, nous aurons préparé une omelette pour ce brave garçon, qui courait pour mon service. Malheureusement elle est tombée à terre, il faudrait vite en faire une autre.

« — Non, Sire, dit l'officier, un soldat n'y regarde pas de si près, et puisque Votre Majesté me l'offre si gracieusement...

« M. R..., jeune et d'un tempérament vigoureux, souffrait des tortures incroyables. Aussitôt on fait apporter un couvert, une bouteille de bourgogne, du pain, et l'officier consomme, avec une ardeur toute militaire, l'omelette impériale. Les morceaux se succédaient avec une grande rapidité et tombaient comme dans un gouffre.

« Les trois personnages contemplaient avec une espèce de ravissement ce curieux spectacle, et admiraient l'enchaînement des circonstances qui leur avait fait préparer une omelette dans de telles conditions d'opportunité.

« Cependant Marie-Louise avait été privée

du plaisir d'aller jusqu'au bout ; elle voulut faire une omelette à elle seule et sans collaboration. L'empereur, se méprenant sur les intentions de l'impératrice, lui dit :

« — Bravo ! Je crois que notre hôte ira bien jusqu'à deux omelettes, au train dont il procède ; le pauvre jeune homme ! il est vraiment exténué.

« — Oui, oui, Sire, répondit le messager que la faim rendait comme fou ; oui, Sire, si Votre Majesté avait la bonté de m'en préparer une seconde...

« Napoléon éclata de rire et s'amusa beaucoup de cette naïve liberté, pendant que la gracieuse cuisinière se hâtait de son mieux, comme on s'empresse quand on veut faire une bonne action.

« L'omelette cette fois fut retournée avec une prestesse charmante, qui fit sourire l'empereur. Enfin, de toutes ces élaborations il sortit une omelette dorée et appétissante, que Marie-Louise servit elle-même à l'officier. Celui-ci se jeta sur le deuxième plat et l'attaqua avec une avidité toujours croissante.

« La nature parlait dans toute son énergie.

Il eût étouffé si l'impératrice elle-même ne lui eût versé plusieurs fois à boire.

« — Laquelle trouvez-vous la meilleure, demanda Marie-Louise à l'officier, celle de l'empereur ou celle-ci?...

« — Celle de l'impératrice, murmura notre homme, en s'inclinant sur son assiette.

— Flatteur! répliqua vivement Napoléon, satisfait néanmoins de la réponse, et humant une prise de tabac qu'il retint à son nez, ce qui était chez lui un signe de satisfaction. Il dicta ensuite sa dépêche, qui ne fut pas longue.

« Cette omelette porta bonheur au jeune officier. Le souvenir de cette charmante scène revenait souvent à l'esprit de l'impératrice; elle en causait avec Mademoiselle de N..., cette jeune fille qui lui avait servi d'aide, et, à force d'en parler, l'idée lui vint de marier M. R... avec Mademoiselle de N... Ce qu'une impératrice veut, l'empereur le veut. Napoléon seconda ce projet d'autant mieux que M. R... était d'une honorable famille, et que la morgue allemande des parents de la jeune personne n'avait pas lieu d'être trop froissée de cette union.

« Le mariage se fit, et tous les ans, pour en célébrer l'anniversaire, les époux rassemblaient de nombreux amis autour d'une table où figurait toujours une omelette que la jeune femme faisait elle-même devant les convives, et que l'on appelait l'*omelette de l'impératrice.* »

Cette histoire fut suivie d'une anecdote ayant pour titre : *Jenny Lind en voyage :*

« La célèbre Jenny Lind, surnommée le Rossignol du Nord, fit, il y a quelques années, un court séjour à Paris. En débarquant sur le sol français, la cantatrice, maintenant complétement retirée de la scène, avait juré que pendant le temps qu'elle passerait en France, pas la moindre note ne sortirait de son gosier. Mais cette fois elle *avait compté sans ses hôtes.*

En effet, des amateurs pénétrèrent un jour dans l'appartement du rossignol suédois, et l'un d'eux s'écria sans saluer, avec le ton sec et tranchant qui convient à un agent de la force publique :

« — Madame, votre passe-port?

« Jenny Lind remit la pièce demandée, sans prononcer un mot.

« — Bah! s'écria le monsieur, nous savons que vous voyagez sous un nom supposé.

« — Monsieur! fit la cantatrice avec dignité.

« — Les grands airs sont inutiles, Madame, à moins que vous ne consentiez à nous en chanter un (grand air). On vient de soustraire une somme importante à Londres...

« — Ah! Monsieur, vous auriez l'audace de supposer...

« — Que vous êtes la voleuse, Madame. Connaissez-vous quelqu'un qui puisse vous servir de caution?

« La scène se passait dans une ville de province, et la cantatrice ne put désigner le moindre répondant.

« — Eh bien! Madame, nous allons provisoirement nous assurer de votre personne.

« L'indignation de la grande cantatrice était arrivée à son paroxysme.

« — Trêve de déclamations, Madame, fit le prétendu agent... Après tout, il y a un moyen

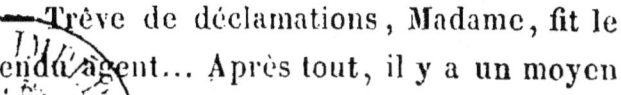

5

bien simple de nous convaincre que vous êtes réellement Jenny Lind. Fournissez vos preuves, chantez un air quelconque... Non, vous ne l'oseriez pas... Messieurs, exécutons notre mandat.

« Il n'y avait plus à reculer ; Jenny Lind, dominée par la peur, et ne se doutant nullement du piége, s'écria :

« — Je vais chanter.

« Au même instant elle fit entendre la cavatine de *Norma*.

« — C'est admirable! c'est sublime! s'écrièrent les faux agents.

« Presque en même temps de nouveaux auditeurs, qui se tenaient cachés dans la pièce voisine, firent leur apparition et applaudirent à outrance.

« Jenny Lind devina alors qu'on l'avait mystifiée, afin d'obtenir un échantillon de son talent.

« Il ne restait plus aux faux agents qu'à se justifier; ils le firent avec tant d'esprit qu'ils obtinrent bientôt leur grâce. »

X

La prononciation germanique, que M. Kellermann persistait à donner à certains mots, était souvent cause de quiproquo et de scènes plaisantes, surtout entre lui et Marguerite, qui se trouvait quelquefois toute désorientée, et ne pouvait pas imaginer ce qu'il voulait dire.

Un matin, entre autres, le bon professeur descendit de bonne heure de sa chambre et demanda avec inquiétude à Marguerite si elle n'avait pas vu un BAquet qu'il avait apporté de Paris la veille, et qu'il ne trouvait plus nulle part dans sa chambre quoiqu'il fût sûr de l'y avoir déposé en entrant.

— Un baquet, Monsieur, dit la bonne femme, comment était-il donc? Je n'ai jamais vu de baquet dans votre chambre.

— C'était un petit baquet enveloppé dans un papier fort, lui répondit-il.

Georges, qui avait entendu cette discussion, courut dire à ses sœurs que son oncle avait apporté de Paris un baquet, et qu'il allait sans doute faire la lessive. De là, grande rumeur et folle gaieté, de la part surtout de la petite Albertine, qui était bien curieuse de voir son oncle à l'œuvre, et s'en promettait grand amusement.

M. Kellermann dit à Marguerite, pendant le déjeuner, qu'il avait retrouvé son baquet, et Georges poussa Albertine en lui disant à l'oreille :

— Attention! cela va bientôt commencer. Prépare ton linge, Titine; il a sans doute apporté des fers à repasser aussi, le cher oncle.

La petite fille rit aux éclats; ce qui lui valut une bonne réprimande de la part de sa mère, qui, sans l'intercession de son oncle, l'aurait renvoyée de la chambre.

Cependant les enfants furent dans une attente curieuse toute la journée, espérant apercevoir quelque indice de la lessive projetée; et Albertine trouva mille prétextes pour aller à chaque instant dans la chambre de son oncle, en épier les préparatifs, mais toujours en vain. Enfin le soir, n'y tenant plus, elle dit à M. Kellermann, en sautant sur ses genoux :

— Mon parrain (il voulait qu'elle l'appelât ainsi, parce qu'elle portait son nom), je n'ai pas vu le baquet dans votre chambre, où l'avez-vous mis ?

— Petite curieuse, répondit celui-ci, vous auriez voulu que je le laissasse traîner, n'est-ce pas, pour faire des cornets avec ce qu'il y a dedans ?

— Il y a donc quelque chose dedans ? dit la petite indiscrète.

— Mais il me semble qu'il y a toujours quelque chose dans un baquet.

— Mais non, pas toujours. J'en ai souvent vu où il n'y avait rien, rien que de l'eau, et même quelquefois pas d'eau du tout.

— De l'eau dans un baquet ! Je n'y comprends rien.

— Oh ! je devine ce que c'est, dit Maria ; c'est un PAquet.

— Oui, oui, un *baquet*, un *baquet*, dit le bon

Allemand, qui, comme la plupart de ses compatriotes, prononçait les *p* comme des *b*, et les *b* comme des *p*. Ce petit incident amusa longtemps les enfants, et de pareilles méprises se renouvelèrent souvent, jusqu'à ce qu'ils s'y fussent habitués; mais alors il leur parut tout simple d'appeler un *pain* un *bain*, une *baignoire* un *peignoir*, une *plaque* une *blague*, et mille autres choses de ce genre.

M. Kellermann était chez sa nièce depuis quelques années déjà, lorsqu'un médecin de ses amis vint un jour demander à Madame Stein si elle voulait bien recevoir en pension un jeune Anglais de ses clients qui était très malade, et à qui il pensait que le séjour de la campagne, pendant quelques mois de la belle saison, ferait le plus grand bien, surtout avec les soins maternels qu'il ne manquerait pas de trouver chez elle.

— Je ne vous aurais pas fait cette proposition, Madame, lui disait-il, si je ne connaissais parfaitement mon jeune ami M. Ward, avec lequel je suis convaincu que vous n'aurez aucun désagrément.

Madame Stein, s'étant consultée avec son oncle, accepta cette offre, qui cependant occa-
sionna un certain dérangement dans la distri-
bution de leur petite habitation. Mais le bon
vieillard, avec son abnégation habituelle, ne
voulut pas qu'elle refusât cette excellente occasion d'augmenter leur petit revenu, qui, à mesure
que ses enfants grandissaient, et par conséquent
exigeaient plus de dépenses, était souvent loin
de suffire. Il fallut cependant, pour pouvoir lo-
ger le jeune étranger, que M. Kellermann aban-
donnât sa chambre et en occupât une autre bien
moins grande et moins commode, et d'où surtout il n'avait plus la jolie vue dont il jouissait
tant pendant ses heures de travail. Mais il com-
battit victorieusement tous les arguments que sa
nièce lui opposait sur ce point, et après avoir
réussi, il se mit de suite en devoir d'effectuer
son petit déménagement le plus vite possible,
car leur nouvel hôte devait arriver le lendemain.

Ce fut une grande joie pour Albertine que de
s'occuper à transporter tous les livres et les
paperasses de son parrain, qui ne voulut pas

d'autre aide que la sienne. Le soir, lorsque
ce travail fut entièrement terminé, il la rendit
très heureuse en lui faisant cadeau d'un petit
carton à dessin rempli de papier et de modèles
qui lui avaient servi à apprendre le dessin quand
il était enfant.

Enfin, vers l'heure de midi, une voiture chargée d'une malle et d'un sac de voyage s'arrêta
devant la porte. M. Ancelot, le médecin, en
descendit en offrant le bras à un jeune homme
qui paraissait très malade en effet. Celui-ci s'a-
vança d'un pas mal assuré vers Madame Stein
qui l'attendait sur le seuil de la porte, et il lui
tendit une main blanche et amaigrie par la maladie, en même temps qu'il exprimait sa confiance par un sourire d'une extrême douceur.

Elle l'introduisit dans la pièce d'entrée, où il
fut obligé de s'asseoir pendant quelques minutes
avant de pouvoir monter à sa chambre.

Henri Ward, le nouveau commensal de la famille Stein, avait un extérieur des plus intéressants. Du premier abord, on se sentait irrésistiblement attiré vers lui. Il était grand et maigre,
et sans son air souffrant il eût été extrêmement

beau ; au reste, cet air malade même ne faisait qu'ajouter au charme de son sourire doux et expressif, auquel son costume de grand deuil donnait un intérêt de plus. Mais Madame Stein craignit, en le voyant, d'avoir bientôt la douleur d'assister aux derniers moments du jeune étranger, et eut bien peur qu'il ne sortît plus de chez elle que pour être porté au cimetière. Cette perspective, en lui rappelant une autre mort si douloureuse pour elle et ces moments d'horribles souffrances, la remplit de tristesse et d'inquiétude.

Elle en exprima ses craintes au médecin, qui descendit auprès d'elle aussitôt qu'il eut vu son jeune malade installé dans un bon fauteuil auprès de la fenêtre, d'où une vue magnifique, éclairée par un beau soleil de mai, paraissait faire un extrême plaisir au jeune homme.

M. Ancelot déclara à Madame Stein que ces appréhensions n'étaient heureusement pas fondées, et que l'épuisement dont souffrait son malade provenait en grande partie d'une croissance trop rapidement développée.

— Pensez, disait-il, il n'a que seize ans, et

5*

lorsque je l'ai vu pour la première fois, il y a deux ans, à la pension de M. L..., il n'était pas beaucoup plus grand que votre petit Georges, qui n'en a que douze. Puis, ajouta-t-il, il vient d'éprouver un grand malheur dans la perte de sa mère, charmante jeune femme douée d'incomparables qualités qui la faisaient chérir et admirer. Son fils, pour qui elle résumait toutes les perfections humaines, l'a soignée dans sa dernière maladie comme une mère soigne son enfant. Cette même maladie, une fièvre maligne, l'a atteint lui-même et l'a tenu plusieurs mois entre la vie et la mort. Il a horriblement souffert de cette perte cruelle, et je crains qu'il n'en souffre bien longtemps encore, car l'affection qu'il avait pour sa mère était aussi vive que profonde. Mais, ajouta M. Ancelot en terminant, ne craignez rien, cher Madame, c'est un convalescent et non un mourant que je vous ai amené.

Madame Stein se trouva un peu rassurée par les détails que venait de lui donner le bon docteur, et bientôt elle éprouva pour son jeune et intéressant pensionnaire toute la tendresse d'une mère.

Marguerite rivalisa avec elle de zèle et de soins qu'elles s'efforçaient de dissimuler ; car il craignait tellement de causer le moindre embarras à ceux qui l'entouraient, qu'ils étaient forcés de lui cacher autant que possible ce qu'il était nécessaire de faire pour lui, et de le soigner en quelque sorte à son insu.

Le premier jour de son arrivée, Madame Stein ne voulut pas s'arrêter longtemps à causer avec le jeune malade, dans la crainte de le fatiguer ; mais lorsque ses forces commencèrent à revenir un peu, elle allait de temps en temps lui faire une petite visite dans sa chambre, en cherchant à gagner sa confiance et à vaincre son excessive timidité.

Elle aurait désiré qu'il lui parlât de sa mère, dans l'espoir qu'en communiquant la cause de son chagrin à une amie il en fût moins accablé ; mais il paraissait vouloir ensevelir ce triste souvenir au fond de son cœur, confirmant cette parole du sage : « Le cœur connaît sa propre douleur, et un étranger ne peut pas approfondir sa tristesse. »

Un jour qu'il avait été un peu plus souffrant

que de coutume, sa bonne hôtesse se rendit dans sa chambre, pour lui demander la permission de venir s'installer avec son ouvrage auprès de son fauteuil, espérant qu'une petite causerie douce et intime pourrait le distraire de ses douloureuses préoccupations et lui faire du bien. Elle le trouva assoupi, la tête soutenue par son oreiller contre le dossier du fauteuil, et la main appuyée sur un petit Nouveau Testament qui se trouvait sur la table à côté de lui, ouvert au quinzième chapitre de l'évangile selon saint Jean.

Ses longs cils noirs fortement dessinés sur ses joues pâles et maigres étaient encore tout mouillés des larmes qu'il venait de verser, et de son autre main il tenait un médaillon suspendu à son cou par une petite chaîne en cheveux noirs et fins.

Madame Stein s'approcha doucement afin de pouvoir le contempler sans le réveiller, comme elle aurait fait d'un beau tableau, tellement sa pose gracieuse et sa beauté idéale excitaient en elle d'admiration; et elle allait se retirer de même lorsque le jeune homme ouvrit les yeux

et parut tout confus de s'être laissé surprendre
encore sous le poids de sa pénible émotion.
Cependant, tendant la main avec son doux sourire habituel, il souhaita le bonjour à son amie
et voulut se lever pour lui offrir une chaise.
Mais elle le prévint, et s'asseyant à côté de lui
elle essaya de l'engager à causer un peu ; pour
cela, elle s'empara doucement du médaillon qu'il
venait de laisser échapper de sa main. En y jetant
les yeux, elle vit le portrait en miniature d'une
jeune femme d'une grande beauté, qu'il était
facile de reconnaître, d'après la ressemblance
des traits, pour la mère du jeune étranger.

— C'est votre mère, n'est-ce pas ? lui dit
Madame Stein. Comme elle était jolie ! ajouta-
t-elle en regardant le portrait avec admiration.

— Oui, Madame, répondit Henri ; c'est ma
mère, si jeune et si belle, et surtout si bonne et
si aimante.

Et il fondit en larmes.

— Cher enfant ! lui dit son amie, en sou-
tenant sa tête et en l'embrassant au front avec
une tendresse toute maternelle. Que ne puis-je
la remplacer auprès de vous, *en partie*, du

moins, ajouta-t-elle, sentant au même instant combien il serait impossible de suppléer à une pareille affection.

— Merci, bonne et chère Madame, lui dit-il, en pressant sa main dans les siennes et en la couvrant de baisers. Oh! ma bien-aimée mère, comme je voudrais pouvoir bientôt aller la rejoindre dans le ciel! J'étais si heureux quand j'étais très malade, parce que j'espérais que ce moment si désiré était enfin venu! Quel n'a pas été mon chagrin en voyant que je m'étais trompé et que je commençais à guérir; car il n'est plus possible pour moi maintenant d'être heureux en ce monde!

Madame Stein crut comprendre alors pour quel motif le jeune homme refusait parfois si obstinément de suivre les ordonnances du médecin, lui toujours si doux et en apparence si résigné, et pourquoi il continuait à vouloir toujours rester seul, quoique M. Ancelot lui eût dit plus d'une fois qu'il fallait absolument qu'il s'efforçât de descendre de temps en temps auprès de ses amis pour faire partie de leur société et prendre part à leurs conversations.

Cette pensée subite la troubla à un tel point,
qu'elle resta quelques minutes sans pouvoir
parler. Enfin elle lui dit :

— Mais, mon cher enfant, savez-vous que
c'est manquer entièrement de résignation à la
volonté de Dieu que de souhaiter la mort
avec tant d'instance, surtout à votre âge?
Vous ne savez pas à quoi la Providence vous a
destiné; et pour vous qui me paraissez avoir
beaucoup de religion, cette lutte coupable contre ses décrets me surprend et me fait beaucoup
de peine. Que dirait celle que vous pleurez si
amèrement si elle vous entendait parler avec si
peu de soumission à la volonté céleste?

Henri Ward avait tenu sa figure cachée dans
ses mains pendant cette courte exhortation; il
leva alors la tête, et arrêtant ses yeux encore
pleins de larmes sur ceux de son amie, tandis
que ses joues se couvrirent d'une rougeur sou-
daine, il lui dit :

— Oui, vous avez raison; que dirait ma mère
si elle vivait encore et si elle savait tout ce que
j'ai fait pour mourir et pour la suivre? Oui,
chère Madame, vous dites vrai et j'ai été bien

coupable; et en prononçant ces mots il serra avec tendresse et reconnaissance la main de Madame Stein, puis, la tête appuyée contre son oreiller, il pleura comme un enfant.

En le voyant ainsi accablé, sa bonne hôtesse crut devoir le laisser un instant seul, se promettant de revenir bientôt pour essayer de lui offrir quelque consolation.

Elle revint en effet peu de temps après, et le trouva tout à fait remis et calme.

Il lisait dans son Nouveau Testament lorsqu'elle rentra, et quand elle approcha sa chaise de la sienne, il lui tendit la main en disant :

— Quelle consolation ne trouve-t-on pas dans ces paroles de notre bien-aimé Sauveur !

Et il commença à haute voix la lecture du quinzième chapitre de saint Jean. Sa grande faiblesse faisait peine à voir, et son amie remarquant le tremblement nerveux de sa voix, prit le livre et continua de lire elle-même à l'endroit où il en était resté. Ces belles paroles, que Madame Stein semblait entendre pour la première fois, firent sur elle une impression qu'elle n'avait jamais ressentie, et se laissant aller à cette sensation toute nouvelle, elle prolongea cette lecture pendant plus d'une heure sans s'arrêter. Henri Ward, remarquant cette émotion extraordinaire, en fut tout étonné, et lui demanda si elle ne connaissait pas déjà ces paroles admirables.

— Oui, répondit-elle, je les ai lues plus d'une fois et même apprises par cœur, mais jamais elles ne m'ont impressionnée comme à présent.

C'est que le moment était venu où, selon le bon plaisir de Dieu, cette âme, jusque-là privée de la lumière divine, devait être éclairée par le Soleil de justice.

— Oh! disait-elle, si j'avais eu cette consolation lorsque j'ai perdu mon bien-aimé mari, mon seul trésor! Vous, au moins, mon cher enfant, vous aviez appris à connaître et à aimer le divin Maître, et l'épreuve qu'il vous a envoyée ne vous a pas paru un acte de cruauté. Mais moi, si vous saviez comme j'ai eu à combattre la révolte qui éclatait dans mon cœur! Ce qui rendait ma douleur plus cuisante, c'était ce

manque de soumission et cette rébellion de
tout mon être contre la main qui m'avait frap-
pée, et sous laquelle je ne voulais ni ne pouvais
me plier.

Madame Stein parla longtemps ce jour-là avec
son jeune ami, qui paraissait prendre le plus
vif intérêt à tous les détails qu'elle lui donnait
sur sa vie d'autrefois avec son mari, sur la mort
de celui-ci, et sur tout ce qu'elle avait eu à souffrir depuis lors au milieu d'inquiétudes sans
nombre.

Tout cela semblait au jeune étranger comme
un monde nouveau, car, n'ayant jamais connu
le besoin, il n'avait aucune idée de ce que c'était
que d'être privé du nécessaire ni même du su-
perflu. Il fit alors un retour sur lui-même, et il
se considéra comme un malheureux égoïste en
présence de cette pauvre femme, qui avait
perdu, si jeune encore, non-seulement son seul
ami, un époux qu'elle avait aimé avec autant
d'affection que lui, Henri, en avait eu pour sa
mère, mais encore l'unique soutien de ses petits
enfants; et qui, en se relevant de son lit de
souffrances avait dû, avant même d'en avoir la

force, s'occuper des moyens de pourvoir à leur existence.

Dès ce moment sa pensée prit une nouvelle direction, son chagrin changea de caractère, et sans cesser d'être aussi profond, il fut pourtant moins amer et moins absorbant.

Madame Stein et son jeune ami restèrent encore longtemps ensemble. Celui-ci lui montra les passages consolants de l'Ecriture sainte dont il avait déjà éprouvé tant de bien, et elle les lut et les relut avec un sentiment inexprimable de joie et de bonheur.

Cette journée d'émotions diverses avait beaucoup fatigué notre malade, et il se coucha de bonne heure, mais moins accablé de tristesse que de coutume. Avant de s'endormir il adressa à son Père céleste une prière de profonde contrition, à laquelle succédèrent de ferventes actions de grâces et une prière ardente pour la famille de sa chère hôtesse : il demandait avec instances à Dieu la grâce d'être employé entre ses mains comme un instrument de salut pour elle.

Consolé et fortifié par cette heureuse pensée,

il dormit cette nuit-là d'un sommeil plus paisible qu'il n'avait encore fait depuis qu'il habitait sa nouvelle demeure, et le lendemain, en se levant, il se trouva tellement mieux, qu'il se proposa de descendre dans le courant de la journée.

Lorsque sa bonne hôtesse vint le voir, comme d'habitude, il lui fit part de son désir. Enchantée de cette bonne résolution, elle lui offrit le bras pour l'aider à descendre, et le conduisit sous le berceau du jardin.

La grande timidité du jeune étranger fut d'abord un peu difficile à vaincre; mais il se trouva bientôt tout à fait comme chez lui dans cette famille de bons et véritables amis, qui firent tous leurs efforts pour qu'il se sentît complétement à son aise.

Quand le docteur Ancelot vint le voir dans l'après-midi, il trouva tellement son état amélioré depuis sa visite de l'avant-veille, qu'il en fut tout surpris. Il en fit ses compliments à Madame Stein, en lui disant qu'il ne lui enverrait plus de malades parce qu'elle les guérissait trop promptement et qu'elle ne lui laisserait bientôt plus rien à faire.

Henri Ward parlait parfaitement le français quoique avec une nuance d'accent étranger, qui n'était pourtant pas désagréable. Il proposa à Madame Stein d'apprendre l'anglais à ses enfants quand il serait un peu plus fort.

— Nous verrons cela en son temps, dit-elle; en attendant, tâchez d'acquérir cette force au plus tôt. Apprenez-leur avant tout, mon cher enfant, à connaître leur Sauveur, ajouta-t-elle.

Une fois en voie de guérison, le convalescent reprit des forces à vue d'œil, et en peu de temps il se trouva assez bien pour faire partie de la petite réunion du soir et écouter, entre autres, la lecture suivante, qui fut faite par Mademoiselle Leprince.

XI

« Les premiers jouets de Van Dyck furent des brosses, des palettes, et tous les ustensiles nécessaires à la peinture. Son père, originaire de Bois-le-Duc, était un peintre sur verre en grand renom dans la ville d'Anvers, qu'il habitait depuis la fin du seizième siècle.

« Sa mère, dont un biographe vante l'habileté à broder au petit point, avait encore un autre talent : elle peignait le paysage et les fleurs. Aussi partageait-elle avec son mari la tâche d'initier le petit Van Dyck aux premiers secrets de l'art.

« Reconnaissant dans leur fils une aptitude précoce et une vocation décidée, les parents de Van Dyck l'envoyèrent de bonne heure dans l'atelier de Van Palen.

« Van Palen avait visité l'Italie et étudié les maîtres anciens; il donna d'excellentes leçons à l'enfant, et celui-ci en profita si bien qu'à seize ans il n'eut plus guère à apprendre de son maître, et réussit à se faire admettre à l'école de Rubens.

« Un des traits les plus curieux de l'enfance de Van Dyck et des plus propres à caractériser son talent est celui-ci, que l'on a déjà raconté ailleurs, mais avec quelques erreurs de détail :

« Rubens avait un atelier réservé dont il ne permettait que rarement l'entrée, et toutes les fois qu'il sortait il en laissait la clef à un nommé Valveken, son domestique de confiance. Mais les élèves étaient curieux, et Valveken n'était pas incorruptible. Aussi, dès que Rubens avait tourné les talons, son homme de confiance livrait le sanctuaire à l'indiscrétion des élèves, qui profitaient de cette connivence pour étudier dans toutes leurs phases d'exécution les tableaux du maître.

« Un jour que Valveken les avait introduits selon son habitude dans l'atelier réservé, ils se pressaient autour d'un tableau que Rubens avait au chevalet : c'était la fameuse *Descente de Croix*, d'Anvers. Tous voulaient voir à la fois; ils se disputaient les places avec une pétulance telle, que l'un d'eux, Diépenbeke, poussé violemment par ses camarades, vint tomber sur la toile, et effaça dans sa chute le bras de la Madeleine, le menton et une joue de la Vierge. L'accident était d'autant plus grave, que les parties effacées étaient précisément finies. Que faire? Que devenir? Comment avouer à Rubens cette terrible nouvelle? Comment la lui cacher? A défaut d'autre expédient on parle déjà de se sauver, pour éviter la colère du maître, lorsque Van Hock, l'un des jeunes gens, dit :

« — Mes amis, il faut, sans perdre de temps, risquer le tout pour le tout. Nous avons environ trois heures de jour; que le plus capable de nous prenne la palette, et tâche de réparer le mal. Pour moi, je donne ma voix à Van Dyck, le seul, à mon avis, qui soit en état de le faire.

« L'avis fut unanimement goûté. Van Dyck, tremblant, essaya en vain de décliner ce dangereux honneur; entouré, sollicité de toutes parts, il dut enfin céder et se mettre à l'œuvre.

« Le lendemain, Rubens conduisit ses élèves devant sa *Descente de Croix*, et désignant avec satisfaction le travail de Van Dyck :

« — Ce n'est pas là, dit-il, ce que j'ai fait de plus mal hier.

« Cependant, en y regardant de plus près, Rubens s'aperçut qu'une main étrangère avait passé par là, et il apprit tout ce qui était arrivé la veille. Au dire de quelques biographes, il effaça tout ; mais nous aimons mieux croire avec les autres qu'il laissa subsister la restauration de son habile élève.

« Rubens eut bien vite reconnu la supériorité de Van Dyck ; il le prit en vive affection et le fit travailler à ses toiles, préférablement à tout autre.

« Toujours surchargé d'ouvrage, il trouva dans ce jeune artiste un précieux auxiliaire, dont il ne fit bientôt plus que retoucher les tableaux.

« Sur les instances de Rubens, qui donnait ce conseil à tous ceux de ses élèves dont il faisait cas, Van Dyck se décida à faire le voyage d'Italie. Mais, avant de partir, il voulut laisser à son

6

maître un souvenir de reconnaissance affec-
tueuse, et il lui fit hommage de plusieurs tableaux, entre autres d'un *Ecce Homo* et d'un
Christ au Jardin des Oliviers. Rubens plaça ces
toiles dans les principales pièces de ses appar-
tements; il les louait avec un enthousiasme sincère et les montrait avec orgueil, ainsi qu'un
portrait de sa femme, également dû au pinceau
de Van Dyck. Il offrit en échange à son élève
un des plus beaux chevaux de son écurie.

« Le jeune Van Dyck, en se rendant en Italie, s'arrêta au village de Saventhern, où il com-
posa la *Charité de saint Martin* et la *Famille de la
Vierge*. Dans la première de ces toiles, il se pei-
gnit lui-même sur le cheval dont Rubens lui
avait fait présent.

« Ce tableau, l'une des plus grandes compositions de l'auteur, est resté à l'église de Saventhern.

« Quant à la *Famille de la Vierge*, où Van
Dyck avait fait le portrait de son père et de sa
mère, elle a disparu sans qu'on eût jamais pu
savoir ni ce qu'elle était devenue, ni par qui
elle a été enlevée. Van Dyck, dans une carrière

trop courte, sut se faire un nom qui restera parmi les plus grands de son art.

« Né à Anvers, le 22 mars 1609, il mourut à Londres, le 9 décembre 1641, comblé par l'amitié de Charles Ier des plus grandes marques de faveur et de distinction. »

Quand Mademoiselle Leprince eut achevé cette courte lecture, Madame Stein mit entre ses mains une petite pièce de vers, en la priant d'en faire part à son jeune auditoire.

LA PRIÈRE.

Ma fille! va prier. — Vois, la nuit est venue.
Une planète d'or là-bas perce la nue;
La brume des côteaux fait trembler le contour;
A peine un char lointain glisse dans l'ombre... Ecoute!
Tout rentre et se repose; et l'arbre de la route
Secoue au vent du soir la poussière du jour!

Le crépuscule, ouvrant la nuit qui les recèle,
Fait jaillir chaque étoile en ardente étincelle;
L'Occident animait sa frange de carmin;
La nuit, de l'eau dans l'ombre argente la surface;
Sillons, sentiers, buissons, tout se mêle et s'efface;
Le passant inquiet doute de son chemin.

Le jour est plein de mal, d'ennuis et de haine.
Prions : voici la nuit! la nuit grave et sereine!

Le vieux pâtre, le vent aux brèches de la tour,
Les étangs, les troupeaux, avec leur voix cassée,
Tout souffre et tout se plaint. La nature lassée
A besoin de sommeil, de prière et d'amour !

C'est l'heure où les enfants parlent avec les anges.
Tandis que nous courons à nos plaisirs étranges,
Tous les petits enfants, les yeux levés au ciel,
Mains jointes et pieds nus, à genoux sur la pierre,
Disant à la même heure une même prière,
Demandent pour nous grâce au Père universel !

O sommeil du berceau ! prière de l'enfance !
Voix qui toujours caresse et qui jamais n'offense !
Douce religion, qui console et qui rit !
Prélude du concert de la nuit solennelle !
Ainsi que l'oiseau met sa tête sous son aile,
L'enfant dans la prière endort son jeune esprit !

Le lendemain, ce fut le tour de Georges, qui lut un article *sur les comètes :*

« M. Babinet a adressé au *Journal des Débats* la note suivante :

« Lorsque, le 2 juin 1858, un astronome de Florence, M. Donati, apercevait dans le ciel une petite lueur télescopique à peine perceptible, il ne pouvait soupçonner le grand éclat et la grande renommée qui attendaient sa modeste nébulosité. Cette comète a pris rang parmi les plus brillants de ces astres que l'histoire européenne et l'histoire chinoise ont enregistrés dans leurs annales. C'est un astre tout à fait nouveau dans notre système solaire, et, s'il y revient, ce ne sera pas, selon M. Brunhs, de Berlin, avant deux mille cent un ans et demi d'ici, c'est-à-dire en l'an 3960 de notre ère. Une opinion bien fondée admet que ces amas légers de matière sont impuissants pour rappeler à eux la portion qui forme les immenses appendices de leurs queues, lesquelles, par une particularité inexpliquée, sont situées à l'opposé du soleil.

« La comète de Donati est la cinquième de 1858 ; elle surpasse certainement en éclat la fameuse comète de 1811, qui fut visible pendant cinq cent dix jours. Celle-ci était comparativement rougeâtre. L'une et l'autre ont eu l'avantage de briller dans le ciel, loin de la partie occupée par les lueurs crépusculaires qui nuisaient tant à la comète de 1853.

« La queue de celle de 1858, au lieu d'être renversée à droite, l'est maintenant à gauche.

« Là, comme ailleurs, s'il reste beaucoup à dire, il reste encore plus à savoir.

« Babinet, de l'Institut. »

« Il existe probablement beaucoup de comètes; les astronomes en ont aperçu un grand nombre; ils ont réuni en un catalogue les observations faites sur six ou sept cents, et ils ont déterminé la marche et le retour de cinq d'entre elles : celle de Hallez, de Encke, de Biéla, de Faye et de Brorsen.

« Mais les comètes qui ont passé inaperçues sont beaucoup plus nombreuses.

« Depuis que les astronomes, pourvus d'instruments perfectionnés, en ont commencé l'observation régulière, ils ont découvert annuellement une assez grande quantité de ces astres. Celles qui, dans leur mouvement, ne traversent que la partie du ciel visible pour nous seulement pendant le jour, échappent nécessairement à notre observation, leur faible clarté étant absorbée par les torrents de lumière que répandent dans notre atmosphère les rayons du soleil. D'autres sont ou trop petites ou trop peu lumineuses pour que les yeux humains, aidés des plus puissantes lunettes, puissent les distinguer. Mais on peut affirmer que si l'homme était doué d'une vue aussi énergique que l'est celle

de certains animaux, celle de quelques espèces
d'oiseaux, par exemple, ou que si l'art des opti-
ciens parvenait, ce qui n'est sans doute pas impossible, à centupler la puissance de leurs instruments, nos astronomes et même nos simples
observateurs pourraient découvrir, au lieu de
quelques comètes par-ci par-là, des milliers et
peut-être des millions de ces astres, aujourd'hui
si rares.

« Mais, allez-vous me dire, à quoi connaît-on
que l'astre nouveau venu dans le ciel est une
comète et non pas une étoile, comme nous en
voyons tant et de si brillantes au firmament, ou
une planète nouvelle semblable à celles dont
un si grand nombre a été découvert depuis
quelques années par les astronomes de tous les
pays?

« A ceci la réponse est facile. Les étoiles et
les planètes suivent invariablement une marche
déterminée ; elles semblent tourner autour de la
terre de droite à gauche, ou du couchant au levant, dans un cercle d'où elles ne s'écartent jamais.

« Ainsi, lorsqu'un astronome aperçoit dans

l'espace un corps, un astre encore inobservé,
si ce corps parcourt régulièrement le grand
chemin auquel on a donné le nom d'écliptique,
il y a presque certitude que le nouveau venu
est une planète suivant la ligne tracée à ses
pareilles; mais si, dans sa course, s'écartant de cette ligne, il coupe l'écliptique en li-
gnes diagonales ou perpendiculaires, de gauche
à droite, monte ou descend de manière à former
avec l'écliptique des angles plus ou moins ou-
verts; si le susdit nouveau venu s'approche ou
s'éloigne témérairement du soleil par des mouvements inconnus aux planètes, on peut être
sûr qu'il n'est autre chose qu'une comète; soit
qu'il traîne ou non à sa suite une queue plus ou
moins longue, soit même qu'il ne possède ni
queue ni chevelure. Car il est à remarquer que
ce n'est pas la chevelure ni la queue qui font
les comètes : beaucoup sont, au contraire, pri-
vées de ces appendices.

« Uranus, une planète qui circule assez len-
tement à quelque chose comme sept cent millions de lieues du soleil, c'est-à-dire à près de
vingt fois la distance de cet astre à la terre, et

qui fut découverte à la fin du siècle dernier par le célèbre astronome anglais Herschell, fut prise, pendant quelque temps, pour une comète, à cause de quelques irrégularités dans sa marche.

« Mais on ne tarda pas à reconnaître qu'Uranus était une véritable planète, et non une de ces comètes vagabondes qui causèrent jadis à nos pères de terribles frayeurs, dont se moquent aujourd'hui la plupart d'entre nous.

« Mais, dira-t-on, pourquoi se moquer? Si véritablement la marche des comètes est irrégulière, qui nous répond qu'un jour l'une d'elles ne viendra pas se jeter étourdiment sur notre monde et le bouleverser de fond en comble? A cela je répondrai que la marche des comètes n'est irrégulière que par rapport aux astres qui forment l'ensemble de notre système planétaire. Il n'y a d'irrégularité nulle part dans l'univers, où tout, au contraire, est admirablement ordonné. Dans l'espace incommensurable que parcourent ces astres dont la marche est qualifiée par nous d'irrégulière, ils ont passé probablement dans le voisinage de milliards de corps,

6*

planètes, étoiles ou soleils, dont le volume pourrait bien être mille fois plus considérable que
celui de notre terre, et cela sans les toucher ou
sans être touchés par eux. S'il en est ainsi,
pourquoi craindrions-nous qu'une comète vînt
nous heurter, lorsque le champ qu'elles ont à
parcourir est tellement vaste, que la possibilité
d'un rapprochement est pour ainsi dire presque
nulle?

« Les chances d'une rencontre de notre planète avec quelqu'un de ces météores connus
sous le nom de bolides ou d'aérolithes, et que
l'on voit souvent, surtout à la fin de l'été, sous
la forme d'étoiles filantes, sont plus nombreuses
et plus dangereuses, quoiqu'elles ne le soient
guère. Un astronome anglais, sir C. Blagden,
qui a mesuré au vol un de ces bolides, prétend
lui avoir trouvé un diamètre de près d'un kilomètre. D'un autre côté, plusieurs savants prus-
siens ont constaté que la vitesse de ces corps
atteint des proportions presque fabuleuses, dont
le minimum serait de sept lieues et le maximum
de cent lieues par seconde. Cent lieues par seconde, c'est à peu près quatorze fois la vitesse

de translation de la terre autour du soleil.

« Quant aux distances de ces corps, au moment où peut être observé leur passage près de
la terre, elles ne sont pas considérables et pa-
raissent avoir varié entre cent et deux cents
lieues. La densité de la matière des aérolithes
égale à peu près celle du fer, et ceci n'est point
une conjecture, c'est un fait constaté. On a
recueilli des aérolithes tombés sur la terre ; il
en existe au cabinet de minéralogie du Jardin
des Plantes un très bel échantillon de plusieurs
centaines de kilogrammes, qui à cet égard ne
permet pas l'incrédulité.

« Un boulet de fer ou même de pierre, d'un
kilomètre de diamètre, qui, lancé avec une
vitesse de cent lieues par seconde, atteindrait
la terre, serait un visiteur très importun et très
désagréable.

« A vrai dire, une pareille visite n'est guère
possible, et celle d'une comète est encore bien
moins à craindre. Nous avons individuellement
beaucoup plus à craindre de périr par un tremblement de terre ou par la foudre, éventualités
qui pourtant nous préoccupent bien peu.

« Le plus grand rapprochement qui se soit opéré entre notre globe et une comète paraît être celui qui eut lieu en 1808, où la comète de Biéla passa à deux millions de lieues de la terre.

« Il faut ajouter d'ailleurs qu'alors qu'une comète viendrait à passer tout près de la terre et même à la toucher, le danger pour nous serait à peu près nul. Il paraît démontré que la matière dont elles sont formées est tellement subtile, tellement légère, que rien de ce qui existe sur notre globe ne saurait, sous ce rapport, lui être comparé.

« C'était l'opinion d'un homme de génie, Newton; c'était aussi celle de Herschell, et c'est de nos jours l'opinion des hommes les plus éclairés.

« Ce qu'il y a de certain, c'est que la queue des comètes est d'une extrême ténuité, puisqu'on peut apercevoir et qu'on a souvent aperçu distinctement des étoiles au travers. En appliquant l'œil à une lunette astronomique, quelques personnes ont cru apercevoir une autre étoile à travers ce qu'on appelle la tête de la comète, ce qui ferait croire que la densité de cet astre ne dépasse pas, si elle l'atteint, celle de nos plus légers brouillards, et qu'elle n'est pas assez considérable pour empêcher la lumière du soleil de la pénétrer de part en part. Mais sur ce sujet les plus habiles d'entre nous savent bien peu de chose. »

XII

LA GROTTE DE MAMMOTH.

Le lendemain, Henri Ward prit le livre des mains de Charles et commença la lecture que voici :

« A l'extrémité présumée de la galerie qui a toujours été considérée comme la plus longue de la grotte Mammoth, et à neuf milles de son entrée, se trouve un gouffre sombre et profond, connu sous le nom de Maëlstrom.

« Des milliers de personnes ont plongé la vue avec terreur dans cet abîme, tandis que des feux de Bengale y étaient jetés pour en reconnaitre la profondeur ; mais personne ne s'était senti le courage d'en explorer le fond. Les propriétaires de la grotte avaient offert 600 dollars au célèbre guide Stephen, connu par son intrépidité, s'il voulait descendre dans le gouffre ; mais, malgré tout son courage, cet homme recula devant une pareille entreprise.

« Il y a quelques années, un professeur du Tennessee, homme instruit autant que hardi, se résolut à entreprendre ce que nul avant lui n'avait osé tenter. A cet effet, il fit ses préparatifs avec le plus grand soin et se laissa couler dans l'abîme à l'aide d'une forte corde ; mais, arrivé à une centaine de pieds de profondeur, le courage lui manqua et il appela à haute voix pour qu'on le remontât. Aucune puissance humaine ne serait parvenue à lui faire renouveler son effrayante tentative.

« Il y a quinze jours cependant, un jeune homme de Louisville, dont les nerfs ne se sont jamais émus devant le péril, se trouvant dans la grotte Mammoth avec le professeur Wright, de notre ville, et plusieurs autres personnes, annonça son intention de descendre dans le Maëlstrom, malgré les dangers et les difficultés de l'entreprise. M. Proctor, l'un des propriétaires de la grotte, envoya aussitôt chercher à Nashville une corde d'une longueur et d'une force suffisantes, et l'on se rendit au point désigné pour l'exploration.

« Après avoir fait tous les arrangements nécessaires, on attacha une lourde pierre à l'extrémité de la corde et on la descendit dans le fond en la heurtant aux parois du gouffre pour en détacher les roches branlantes, dont la chute aurait pu blesser le hardi explorateur. On parvint de cette manière à faire tomber au fond du précipice plusieurs quartiers de roc. La répercussion du bruit de leur chute remontait à l'orifice de l'abîme, en rendant un son pareil à celui d'un tonnerre lointain et en proclamant l'effrayante profondeur du gouffre.

« Cependant le jeune héros, après avoir, à l'aide de plusieurs chapeaux, garni sa tête autant que possible, contre les projectiles qui pourraient se détacher au-dessus de lui, et s'être muni d'une lumière, se fit assujettir solidement la corde autour de la ceinture et donna le signal de la descente.

« Nous avons recueilli de ses propres lèvres le récit de son aventure. Pendant qu'il opérait sa descente, des fragments de pierre et de terre s'écroulaient de temps à autre autour de lui, mais heureusement aucun ne l'atteignit. A trente pieds de l'ouverture, il distingua une espèce de rebord, à partir duquel, à en juger par les apparences, deux ou trois galeries vont se perdre dans des directions différentes. A cent pieds environ, une source d'eau s'échappe d'un des côtés du gouffre et tombe dans l'abîme. En côtoyant cette chute sous une pluie fine, il craignit un instant que sa lumière ne s'éteignît; mais, grâce aux précautions prises par lui, il réussit à la préserver. Il atteignit enfin le fond, situé à cent quatre-vingt-dix pieds de profondeur, et constata qu'il était de forme presque circulaire, ayant dix-huit pieds de diamètre.

« Une petite ouverture donnait accès dans une cavité de peu d'extension, le sol en était jonché des plus beaux spécimens de silex noir, beaucoup plus grands que ceux trouvés dans les autres parties de la grotte, ainsi que de toutes sortes de stalactites aussi blanches que le cristal.

« Au bout d'un certain temps, il éleva la voix et, s'étant fait entendre, non sans difficulté de ses amis, il leur cria de le hisser à une certaine hauteur, son intention étant d'explorer les galeries qu'il avait aperçues tout d'abord.

« Après en avoir atteint l'ouverture, il se

lança dans l'intérieur en faisant un violent
effort et en conservant dans sa main l'extrémité
de la corde; malheureusement celle-ci vint à lui
échapper et parut tout d'abord être hors de sa
portée.

« La situation était des plus effrayantes ; mais,
sans rien perdre de son courage ni de son sang-
froid, le hardi jeune homme confectionna un
crochet avec sa lampe, et, étendant les bras au-
dessus de l'abîme autant qu'il pouvait le faire
sans s'exposer à une chute certaine, il eut le
bonheur de rattraper la corde. Il prit bien soin,
cette fois, de la fixer au rocher, et s'avança
dans la galerie à une distance de cent cinquante
à deux cents mètres. Il ne put aller plus loin,
le passage se trouvant obstrué par un éboule-
ment de terrain.

« Il revint alors sur ses pas et découvrit, de
l'autre côté du gouffre, une ouverture en tout
pareille à celle qu'il venait de visiter, et tenta
d'y pénétrer; il ne put toutefois réussir à se
lancer dans l'intérieur, et il héla alors ses amis
pour qu'ils le remontassent.

« L'ascension s'accomplit assez difficilement,

par suite de la mauvaise disposition de la corde,
dont la pression faisait cruellement souffrir l'explorateur. Mais cette sensation s'évanouit bien-
tôt devant l'imminence d'un nouveau péril, plus terrible que ceux auxquels il venait d'é-
chapper.

« Il n'était plus qu'à quatre-vingt-dix pieds
de l'ouverture, lorsque ses oreilles furent frap-
pées par des exclamations de terreur au-dessus
de sa tête. Il apprit tout aussitôt que, par l'effet
du frottement, la corde venait de s'enflammer
au contact de la planche sur laquelle elle était
appuyée. Quelques secondes d'attente, effrayantes pour ses amis et plus affreuses encore
pour lui, s'écoulèrent : une catastrophe terrible
semblait à tous inévitable.

« Par bonheur le feu fut éteint à l'aide d'une
bouteille d'eau, et ses amis purent alors le hisser hors de l'abîme. Il était aussi calme en re-
voyant la lumière du jour que lorsqu'il se disposait à descendre dans le sombre gouffre ;
mais il n'en était pas de même de ses compagnons, qui se laissèrent choir, brisés de fatigue.
Le docteur Wright surtout, accablé par l'émo-

tion qu'il venait de ressentir, s'évanouit et demeura insensible pendant quelque temps.

« L'aventureux jeune homme a gravé son nom dans les profondeurs du Maëlstrom; c'est celui du premier et unique mortel qui a pu rendre compte de ses mystères. »

On était tout étonné de voir à quel point les forces d'Henri Ward lui étaient revenues en si peu de temps; mais au petit tremblement nerveux dans sa voix qu'elle connaissait si bien, sa bonne hôtesse, qui surveillait avec sollicitude chaque mouvement de son cher convalescent, l'avait arrêté au milieu de sa lecture, en chargeant Charles de terminer le récit.

Ce petit commencement encouragea le jeune Anglais à coopérer autant qu'il était en lui à l'instruction commune, et lui donna l'idée d'écrire, en grande partie de mémoire, une anecdote qu'il voulait faire servir en même temps au but qu'il s'était proposé, c'est à-dire à faire connaître l'œuvre de la rédemption.

Deux jours après donc, ses amis écoutaient l'histoire qu'on va lire.

XIII

« Sur les bords du Danube demeurait autrefois un puissant seigneur, possesseur d'un magnifique château et d'un domaine d'une immense étendue, où ses ancêtres, depuis un temps immémorial, avaient poursuivi le cerf et le sanglier sous l'ombre des chênes de la forêt, vieux de plusieurs centaines d'années.

« Ce bon prince, d'un caractère doux et bienveillant, était aimé et respecté de ses nombreux vassaux, qui rivalisaient de zèle et de dévouement à son service. Il n'y avait qu'un point sur lequel il fût d'une sévérité rigoureuse : les délits de braconnage, qu'il regardait et punissait comme des crimes. Mais, en cela, il ne faisait que suivre les idées de son temps et de son pays, et personne n'y trouvait à redire. Sa justice inexorable sur ce point était si connue, que l'acte contre lequel il sévissait avec tant de rigueur était à peine connu sur ses terres.

« Cet illustre seigneur, d'autant plus puissant qu'il était plus juste et plus humain, avait deux fils. Le plus jeune, doué d'un caractère noble et de sentiments généreux et élevés, voyageait, depuis plusieurs années, dans les différentes contrées de l'Europe sous la conduite d'un précepteur éclairé ; son but était de s'instruire et de devenir capable d'administrer la grande fortune qu'il avait héritée de sa mère, lorsque le temps serait venu où il devrait en prendre possession.

« L'héritier d'un si grand nom et d'une fortune si considérable ne pouvait pas manquer d'être parfaitement reçu partout où il lui convenait de se présenter. Aussi profita-t-il de cette bienveillance universelle pour pouvoir mieux étudier les mœurs des nations les plus policées, ainsi que les découvertes les plus récentes dans les arts et les sciences, avec l'intention de s'en servir pour l'amélioration de la condition des hommes qu'il aurait à gouverner.

« Mais, tout en s'instruisant de ces choses, qu'il était venu de si loin étudier, il en avait appris d'autres auxquelles il ne s'était pas attendu : il avait été convaincu que tous les hommes étaient perdus et condamnés par la juste colère de Dieu, et qu'ils devaient subir le châtiment dû au péché sans la mort de Jésus-Christ, venu au monde exprès pour expier sur la croix les crimes des hommes, lui juste pour les injustes, et porter dans son corps la peine qu'ils avaient méritée.

« Cet amour du Fils de Dieu, le créateur du ciel et de la terre et l'égal de son Père, pour l'homme perdu dans le vice et dans le crime parut si sublime au jeune prince la première fois qu'il en en entendit l'énoncé simple et clair dans la chaire d'une petite église d'Allemagne, que, bien qu'il n'ignorât pas les principes de la religion chrétienne, il en demeura profondément impressionné.

« Il conçut dès lors des idées toutes nouvelles pour lui sur la valeur de l'âme immortelle, et les hommes même les plus vils et les plus méprisés lui apparurent sous un jour nouveau : il les regarda comme des êtres dignes de toute sa sollicitude et de tout son amour.

« Il voyagea pendant plusieurs années encore, se perfectionnant avec soin dans les connaissances dont l'étude lui avait fait quitter son pays, et se fortifiant chaque jour dans son amour pour l'humanité.

« Enfin il retourna chez son père, avec des idées bien changées depuis le jour où il l'avait quitté. Celui-ci fut émerveillé de la transformation opérée dans les manières et dans toute la personne de son fils, qui, parti six ans auparavant sans culture, était revenu un jeune homme accompli de tout point. Il fut surtout étonné de sa grande condescendance et de l'affabilité de son abord, lui autrefois si hautain et si dédaigneux.

« Un peu après son retour, le prince son père eut à juger un de ces délits de braconnage, devenus heureusement très rares dans son domaine. Tout le monde, et les coupables tous les premiers, savait parfaitement à quoi s'en tenir sur la condamnation sans appel qui allait être prononcée. Seul le fils cadet du juge inexorable eut un instant la pensée qu'il serait possible d'obtenir leur grâce; tout en connaissant le caractère inflexible de son père, il n'en désespéra point.

« La veille de l'exécution, et ce moment suprême suivait toujours de près la sentence fatale, le jeune homme vint trouver son père au milieu de la nuit pour tâcher une dernière fois de le fléchir. Lorsqu'ils se séparèrent à la pointe du jour, tout ce que le fils avait pu obtenir, c'était un sursis à l'exécution, qui, au lieu de s'accomplir ce jour-là, fut remise jusqu'au lendemain. Cependant, ayant obtenu quelque chose, il ne désespéra pas du reste, et enfin, à force d'insistance, il obtint que les condamnés pussent racheter leur vie moyennant une somme considérable. Son père accorda cette demande d'autant plus facilement qu'il était on ne peut plus persuadé que ces pauvres malheureux ne parviendraient point à réunir l'argent nécessaire à leur libération. Mais en cela il avait compté sans son fils.

« La fortune de celui-ci, provenant de son héritage maternel, était entièrement indépendante de son père; aussitôt qu'il eut obtenu la promesse tant sollicitée, il s'occupa des moyens de réaliser la somme exigée en engageant ses possessions pour cette valeur, et une heure avant le terme du dernier délai, il la déposa entre les mains de son père ébahi. Celui-ci fut très mécontent de cette opposition continue de la part de son fils. Il la considérait comme un attentat à son autorité souveraine, et d'un mauvais précédent. Il lui signifia donc qu'il n'eût plus à compter sur lui à l'avenir; ajoutant que puisqu'il avait renoncé à toute sa fortune, à peu de chose près, en faveur de quelques misérables qui ne lui en sauraient aucun gré, c'est qu'il avait sans doute quelque compensation à son service, et que, par conséquent, il ne serait pas étonné de voir son père tourner aussi ses vues d'un autre côté et de trouver dès lors la maison de ses ancêtres fermée pour lui à tout jamais.

« Le jeune homme savait bien à quoi il s'exposait en entreprenant la tâche qu'il venait d'accomplir; aussi ne fut-il nullement étonné de la décision de son père, et de plus il était persuadé que cette décision serait irrévocable.

« Sa résolution fut donc bientôt prise : il réalisa le peu de fortune qui lui restait et partit, le sac sur le dos et dans le simple costume d'un voyageur pauvre, départ bien différent du premier, alors qu'il avait quitté le domaine féodal de ses aïeux dans le magnifique appareil de fils d'un prince possesseur du pays à plusieurs lieues à la ronde. Cependant il n'emportait pas avec lui d'autre regret que celui d'avoir mécontenté son père, qu'il aimait du plus profond de son cœur.

« Arrivé à la dernière limite d'où il pouvait apercevoir les tours crénelées du château, il s'assit sur le bord du chemin, et là il se laissa aller à l'amertume de son chagrin dans la pensée que probablement il ne reverrait plus jamais ce père vénéré, ni l'endroit où il avait passé les heureux jours de son enfance, ni le tombeau de sa mère; et les ombres de la nuit le surprirent à la même place encore en proie à la sombre préoccupation de son cœur agité.

« Au moment où il se disposait à poursuivre son chemin, un jeune pâtre des environs vint à passer à côté de lui, et voyant un étranger en costume de voyage arrêté dans cet endroit solitaire, il l'aborda en lui offrant, avec toute la généreuse hospitalité qui caractérise ce pays, ses services pour lui procurer un asile pendant la nuit, dont les approches sombres et froides commençaient à se faire sentir.

« Le fils du prince, ne se voyant pas reconnu, accepta jusqu'à un certain point l'offre du paysan, en le priant de l'accompagner au moins une partie de la route jusqu'au premier village où il comptait passer la nuit.

« Chemin faisant, le jeune paysan raconta à son compagnon, qu'il prenait pour un voyageur étranger au pays, tous les détails de l'événement qui venait de se passer et qui, pour le moment, défrayait presque exclusivement la conversation des habitants d'alentour.

« Le narrateur traita le fils du prince d'imbécile pour s'être ainsi sacrifié à des ingrats; car, ajouta-t-il, ces misérables ne lui en ont aucune reconnaissance, et à la première occasion ils recommenceront, c'est certain.

« — Mais, lui répondit son compagnon, ils

doivent savoir qu'il ne pourra plus les racheter, puisqu'il s'est ruiné pour eux.

« — Certainement ils le savent; mais cela ne les empêchera pourtant pas de recommencer, espérant qu'ils ne seront pas découverts, comme cela est déjà arrivé plus d'une fois.

« — Ils n'éprouvent donc aucun sentiment de gratitude envers celui qui a donné toute sa fortune pour les sauver?

« — Aucun, je vous le dis; ce sont des êtres sans cœur, et qui ne savent pas ce que c'est que la reconnaissance.

« Un peu après cette conversation, le voyageur et son compagnon étant parvenus à leur destination, se quittèrent en se disant adieu, et le premier faillit trahir son incognito en rémunérant le paysan pour sa peine, d'une manière digne d'un véritable prince.

« Les réflexions du jeune homme, ce soir-là, ne furent pas sans amertume.

« — Me voici donc, se disait-il, banni de la maison de mes pères, un proscrit et un inconnu sur la terre où je suis né et où je devais un jour régner en maître; et pour qui? pour des ingrats, qui, à l'heure qu'il est, se moquent de moi probablement, et tournent en dérision, avec leurs compagnons de débauche, mon prétendu dévouement, qu'ils traitent sans doute de stupidité et de bêtise. Quoi qu'il en soit, ajouta-t-il après quelques instants d'une triste préoccupation, je ne regrette pas ce que j'ai fait, et si c'était à refaire, j'agirais encore de même.

« Le lendemain, notre voyageur continua sa triste route. Et maintenant commença pour lui une série d'événements, tantôt plus, tantôt moins malheureux, mais tous empreints d'une certaine mélancolie, reflet du caractère de leur principal héros. Mais notre intention n'étant pas de le suivre à travers tous ces incidents, nous allons passer sous silence quelques années de cette existence accidentée et conduire le lecteur dans un château princier, sur les confins de la Moldavie. »

XIV

SUITE DE L'HISTOIRE DU COMTE IVAN.

« **Dans** une chambre d'une magnificence royale, étendu sur son lit de mort, se trouvait un vieillard plus qu'octogénaire, le prince régnant d'un des divers Etats arrosés par ce ro des fleuves, le majestueux Danube.

« Le vieillard, que soutenaient des coussins de brocart et de dentelle, paraissait en proie à une inquiétude fiévreuse, à en juger par les regards anxieux qu'il ne cessait de diriger du côté de la porte.

« Enfin, d'un air d'impatience, il frappa avec une baguette de fer sur un bouclier d'airain à proximité de sa main.

« — Maresq, dit-il, lorsque son homme de confiance parut devant lui, le messager est-il de retour ?

« — Non, Monseigneur, pas encore.

« — Ecoute! dit le prince, n'entends-tu pas?
On vient, on vient, Maresq! C'est lui, c'est mon
Ivan !

« Au même instant la porte de l'appartement
s'ouvrit vivement, donnant entrée à un homme
d'une trentaine d'années, mais qui, d'après la
sévérité de son costume et le sérieux de tout
son maintien, paraissait en avoir plutôt quarante.

« — Mon père! mon bon père, dit l'étranger,
je vous revois donc enfin, après tant d'années !

« Et entourant de ses bras le vieillard mourant, il le pressa contre son cœur.

« — Mais, est-ce bien toi, Ivan, mon fils? dit
le malheureux prince, en fixant sur lui ses regards où l'émotion de la joie se trouvait con-
fondue avec l'anxiété du doute. Est-ce bien toi,
ou est-ce une illusion? Comme tu es changé,
toi que j'ai vu pour la dernière fois, il y a huit
ans à peine, si beau et si plein de vie et d'espérance. Comme tu es changé ! répéta encore une
fois le pauvre vieillard. Tu as donc bien souffert? Mais est-ce bien Ivan d'Ormanloff, et ne
me trompez-vous pas?

« — Voyez, mon père, dit l'étranger, ne re-
connaissez-vous pas cette bague que ma mère
mourante me mit au doigt de sa propre main?
Et cette cicatrice au front, ne vous la rappelez-
vous pas?

« — Oh! oui, cette blessure que tu as reçue
en me défendant contre le sanglier dans la forêt
d'Ared; maintenant je te reconnais; tu es bien
mon fils, mon Ivan que Dieu a envoyé pour
adoucir mes derniers moments.

« Le père et le fils se tinrent longtemps em-
brassés, en se prodiguant mutuellement des
expressions d'affection et de tendresse.

« — Mon cher fils, dit le prince Ormanloff,
j'ai été bien malheureux depuis que tu es parti;
tu connais le caractère dur et implacable de ton
frère; j'en ai beaucoup souffert. Mais mes
heures sont comptées, ne perdons pas ce temps
précieux à rappeler un douloureux passé. Toi
aussi, mon fils, tu as beaucoup souffert.

« — Oui, mon père, j'ai beaucoup souffert;
mais parlons de vous.

« — Parler de toi, c'est parler de moi; car je
ne descendrai pas en paix dans la tombe sans

7*

t'avoir rendu la fortune dont tu t'es dépouillé si gratuitement.

« — Mon père, répondit le comte Ivan, c'est moi qui l'ai voulu; je savais bien à quoi je devais m'attendre lorsque je m'y suis décidé, et cela ne doit pas vous préoccuper. C'est moi qui l'ai voulu, et moi seul.

« — Encore une fois mon fils, ne parlons plus du passé, mais hâtons-nous. Les moments sont précieux et je veux profiter de l'absence de ton frère pour faire mes dernières dispositions, et te réintégrer dans la fortune qui te revient de droit.

« Pendant que le vieillard parlait encore, le son prolongé d'un cor de chasse, presque immédiatement suivi du piétinement des chevaux d'une nombreuse cavalcade se fit entendre de l'autre côté du fossé qui entourait le château. Le pont-levis fut abaissé, et dans quelques minutes la cour d'honneur fut envahie par un bruyant assemblage de puissants seigneurs et de hauts barons accompagnés de toute une armée de valets et de chiens.

« — Il est trop tard, dit le prince.

« Au même instant la porte fut poussée avec violence : écartant le serviteur qui la gardait, le fils aîné du prince entra, l'air courroucé et l'attitude menaçante.

« — Qui êtes-vous ? dit-il au comte Ivan, qui tenait la main de son père dans la sienne.

« — Je suis Ivan d'Ormanloff, votre frère, répondit celui-ci.

« Le frère aîné pâlit, et ses yeux brillèrent d'un feu sombre.

« — Mon frère, mon frère, c'est facile à dire, mais qu'est-ce qui me prouve, dit-il, que ce que vous dites soit vrai ?

« — Moi, je dis que c'est vrai, dit le père mourant, et qui est-ce qui me donnera le démenti ?

« — Mon père, calmez-vous, dit Ivan avec inquiétude, en voyant l'état d'agitation extraordinaire du vieillard. Personne ne pense à vous donner le démenti.

« Le fils aîné du prince et bientôt son successeur, encore sous l'empire de l'autorité sans bornes que le redoutable vieillard avait exercée depuis plus d'un demi-siècle sur tous ceux qui s'approchaient de lui, se tut et se retira à l'autre bout de l'appartement.

« — Ivan, dit le père mourant à l'oreille de son fils cadet, fais venir le tabellion du château pour qu'il écrive sous ma dictée mes dernières volontés.

« — Mon père, dit le comte Ivan, en se penchant vers le vieillard agonisant, ne vous occupez plus des choses de cette misérable existence qui ne dure qu'un instant, mais occupez-vous de l'éternité et du salut de votre âme qui ne périra jamais.

« — Il est trop tard, dit son père d'une voix éteinte.

« — Il n'est jamais trop tard tant que notre âme n'a pas encore quitté son habitation mortelle, répondit Ivan.

« Puis se mettant à genoux sur l'estrade couverte de velours et d'or d'où s'élevait le lit du pauvre moribond, il versa toute son âme en ardentes supplications et en cris éplorés vers le trône du Dieu de grâce et de pardon. Sa prière fut entendue, et l'ange de miséricorde fut envoyé pour porter sur ses ailes d'amour la bonne nouvelle du salut à cette âme perdue dans les ténèbres de l'ignorance et de la mort.

« Le vieillard mourant s'assoupit pendant quelques heures; mais dans la nuit il se réveilla, et se tournant vers son fils Ivan, qui ne l'avait pas quitté un seul instant, il dit en lui prenant la main :

« — Parle-moi encore de l'éternité et des choses de Dieu.

« Ivan leva les yeux au ciel pour remercier son Père céleste d'avoir exaucé ses ferventes prières; puis il parla de Dieu et de l'œuvre du salut accomplie sur la croix en la personne de Jésus-Christ, le Fils de Dieu, en répétant les passages de l'Evangile qu'il trouva les plus appropriés à l'état du vieillard mourant. Celui-ci l'écouta avec un intérêt croissant, tandis que ses yeux brillaient d'une expression de joie et de bonheur.

« Cependant, au bout de quelques minutes, son front s'obscurcit et ses yeux se troublèrent.

« — Qu'avez-vous, mon père? dit le fils inquiet.

« Le moribond simula du doigt l'action d'écrire, en disant :

« — Ton héritage !

« Le comte Ivan leva la main au ciel et répondit :

« — Là-haut, où les vers ni la rouille ne peuvent le détruire et où les voleurs ne peuvent pas entrer pour le dérober.

« Les traits de l'agonisant reprirent alors leur expression de calme et de bonheur qui avait été obscurcie pendant un instant par cette pensée terrestre, et levant les yeux au ciel, le vieillard pressa la main de son bien-aimé fils dans la sienne, et dit d'une voix distincte, quoique affaiblie par les approches de la mort :

« — Celui qui croit en Christ, quand même il serait mort, il vivra.

« Texte que son fils lui avait répété plusieurs fois dans la journée et qui l'avait vivement impressionné.

« Le comte Ivan continua à tenir dans la sienne la main de son père mourant, jusqu'à ce que l'âme se détacha sans effort et apparemment sans douleur de son enveloppe terrestre.

« Alors s'agenouillant à côté de ces restes
mortels, il rendit de ferventes actions de grâces
à Dieu de ce que la onzième heure n'avait pas
sonné en vain pour cet ouvrier attardé, mais
qui était arrivé encore à temps pour entrer dans le repos de son Seigneur. Il appela
aussi avec ardeur les bénédictions d'en haut sur
son frère et sur lui-même, et les premières
lueurs du jour naissant le trouvèrent encore à
la même place et dans les mêmes dispositions.

« A ce moment, le vieux serviteur du prince
décédé entr'ouvrit la porte, et voyant le fils de
son maître à genoux, il allait se retirer, croyant
le vieillard encore endormi et ne voulant pas
les déranger. Mais Ivan, se levant avec effort,
l'appela, et dit, en lui montrant le corps d'où
l'âme venait de s'envoler :

« — Mon père n'est plus! Allez annoncer
à mon frère qu'il est maintenant prince d'Ormanloff.

« Le vieux Maresq jeta un cri de douleur, et
les yeux encore tout rouges des larmes qu'il
n'avait cessé de répandre depuis plusieurs jours,
il alla, selon la recommandation du comte, an-

noncer au frère aîné la mort du prince. Celui-ci se préparait à venir voir son père qu'il avait quitté un peu mieux la veille. En apprenant qu'il venait d'expirer, il demanda avec inquiétude qui avait été auprès de son père lorsqu'il avait rendu le dernier soupir.

« — Le comte Ivan, votre frère, Monseigneur, répondit le domestique.

« — Apprends, malheureux, que je n'ai pas de frère, dit le prince en colère. Il y a longtemps qu'il est mort à l'étranger.

« — Pourtant, Monseigneur, votre vénéré père l'a reconnu pour son fils à son dernier moment.

« — Je te jure, dit son nouveau maître, que si tu répètes cet infâme mensonge, je te ferai jeter dans le donjon souterrain sous les tourelles du château, et tu sais si l'on en sort.

« Le vieux Maresq, en entendant cette terrible menace qu'il savait très réalisable, n'osa plus ouvrir la bouche, et se retira en tremblant, et en se promettant bien de ne plus s'occuper de ce qui, après tout, ne le regardait pas.

« Le fils aîné du prince d'Ormanloff, en quit-

tant son père la veille, avait donné les ordres
les plus sévères pour que l'entrée de l'appartement du vieillard fût strictement gardée, et
pour qu'on vînt l'avertir de suite s'il y surve-
nait quelque nouvel incident, dans la crainte
que son père ne parvînt à faire avant sa mort
quelques dispositions testamentaires en faveur
de son frère cadet. Il avait donné en outre à
l'aumônier du château la charge spéciale de ne
pas le quitter d'un instant jusqu'à son retour.
Mais celui-ci, après avoir assisté pendant quelques heures à l'entretien du comte Ivan avec
son père, fut convaincu de l'inutilité de toutes
ces précautions, et ne tarda pas à se retirer afin
de prendre un peu de repos, ne pensant
pas, d'ailleurs, que la mort du prince fût si
proche.

« Le nouveau prince s'achemina alors vers
l'appartement où son père venait d'expirer. Il
y trouva son frère qui l'attendait et qui espérait
que, devant ce commun deuil, le cœur de son
frère aîné s'ouvrirait à lui et que sa main
presserait la sienne dans une étreinte frater-
nelle.

« Mais en cela son espoir fut entièrement et amèrement déçu. Le prince, s'avançant avec hauteur jusqu'au milieu de l'appartement, ordonna d'un ton arrogant au prétendu intrus de quitter sur-le-champ la place qu'il avait usurpée, et le château, qui désormais ne reconnaissait plus d'autre maître que lui.

« Ivan d'Ormanloff fixa son regard triste et pénétrant sur ce frère dénaturé, qui, en présence de la mort, qui venait de les priver de leur père à tous deux, n'avait dans le cœur que des sentiments de colère et de haine.

« — Paul d'Ormanloff, lui dit-il, mon père m'a reconnu, vous l'avez entendu ; mais, pour un motif que j'ignore, vous ne voulez tenir aucun compte de ses paroles, prononcées pourtant dans un moment bien solennel. Mais je viens d'éprouver une bien plus grande joie que celle-là. Dieu a ouvert le cœur de mon bien-aimé père à la connaissance de l'Evangile du Christ, et il a exhalé son dernier souffle en proclamant cette bonne Nouvelle. J'ai prié longtemps pour vous cette nuit, à côté de cette dépouille vénérée. Puissent mes prières être exaucées à votre égard

comme elles l'ont été au sien, et je mourrai content. Adieu, je vous pardonne du plus profond
du cœur.

« En disant ces mots, le comte Ivan d'Ormanloff jeta un regard triste, mais calme et résigné,
sur le cadavre de son père, et sortit du château
de ses aïeux pour ne plus jamais y rentrer.

« Son frère resta impassible pendant qu'il lui
parlait, et lorsque Ivan traversa la cour du château pour s'en éloigner, il le suivit des yeux
d'un air dur et implacable jusqu'à ce qu'il l'eût
entièrement perdu de vue. Alors appelant son
majordome, il ordonna que l'on mit en branle la
grosse cloche du beffroi, afin d'annoncer aux
alentours le décès du prince son père.

« Rien de ce qui pouvait contribuer à flatter
l'orgueil de cette haute et puissante famille ne
fut oublié dans la cérémonie funèbre. Mais de
tous ceux qui accompagnaient le lugubre cortége, aucun, même parmi ceux qui avaient re-
vêtu les marques extérieures du plus grand
deuil, n'en porta un plus réel au fond du cœur
que ce fils affligé qui le suivit de loin comme un
étranger et un inconnu, renié par tous ceux qui

avaient autrefois brigué auprès de lui l'honneur
d'un simple regard. Mais il ne s'en aperçut seulement pas, car l'esprit d'Ivan d'Ormanloff était
agité par d'autres pensées et de plus profondes
préoccupations. »

XV

« Ce retour imprévu dans son pays natal,
où il avait été appelé par plusieurs messages
successifs de la part de son père, avait changé
le cours de l'existence du comte Ivan.

« En se retrouvant au milieu de ces popula-
tions ignorantes et grossières, où les souvenirs
de son enfance venaient l'assaillir à chaque
pas, il se sentit irrésistiblement entraîné à leur
vouer son existence tout entière, et à consacrer à leur instruction toute l'énergie et tout
le zèle dont il était animé pour une cause si
sainte.

« Former cette résolution et la mettre à exécution fut un acte presque identique. Aussi,
quelques jours à peine après la mort du vieux
prince d'Ormanloff, les paysans du voisinage
virent-ils entrer chez eux, à toute heure de la

journée, un homme en grand deuil, jeune encore, et que, d'après son costume, on aurait pu prendre pour un professeur des écoles ou pour un ministre des cultes.

« Sa présence fut partout accueillie avec plaisir ; car, en dehors de l'hospitalité traditionnelle de ces districts presque inconnus, l'étranger apportait avec lui la consolation et la joie ; et les visites du bon maître, comme on l'appelait, étaient toujours attendues comme des jours de fête.

« A l'un il donnait un bon conseil sur la meilleure manière de tirer parti, soit d'une production naturelle, dont il avait jusqu'alors ignoré l'usage, soit d'une invention utile ; à un autre, c'étaient des préceptes d'hygiène qu'il accompagnait le plus souvent du remède qui devait en assurer le succès, et à tous, il annonçait la bonne nouvelle du salut en proclamant que Jésus-Christ est venu au monde pour sauver les pécheurs.

« Mais cela ne pouvait pas continuer longtemps ainsi.

« Les grands seigneurs du pays, et surtout

les prêtres, furent très mécontents de cette
prédication dont un inconnu, un homme venu
on ne savait d'où, s'était octroyé gratuitement
la mission, et qui menaçait fort de détruire leur
influence dans le pays et de renverser l'ancien
ordre des choses.

« Enfin, pour abréger le récit d'événements
qui se sont déjà répétés des milliers de fois
depuis que le monde existe, et qui se répéte-
ront de même jusqu'à la fin, notre bon mis-
sionnaire eut à éprouver, pendant bien des années, toutes sortes de misères et de persécu-
tions, et tomba enfin victime de la haine ou
plutôt de la crainte de ses ennemis.

« Ils obtinrent contre lui un arrêt d'incarcé-
ration, puis de bannissement. Au bout d'un
certain temps, il revint sur la prière d'un ami
mourant afin de lui prodiguer les consolations
dont il avait tant besoin à ce moment suprême.
Mais il fut arrêté de nouveau, et afin de mettre un terme à l'enthousiasme que son retour
et le prestige de son nom avaient excité dans
tout le pays, on lui fit un procès très habilement conduit, et une main occulte paya lar-

gement les juges iniques qui eurent le triste
courage de le condamner à mort.

« On avait employé contre lui le témoi-
gnage de quelques misérables, parmi lesquels
se trouvaient deux de ceux qu'il avait rachetés
de la mort dix ans auparavant et qui déclarèrent, pour de l'argent, l'avoir entendu atta-
quer la religion et les autorités. On lui fit
même un crime de ce qu'il prétendait être le
fils du dernier prince, souverain du pays.

« Ainsi se termina la vie d'abnégation et de dévouement du comte Ivan d'Ormanloff. Il laissa
pendant de longues années, dans le cœur de
presque tous ceux qui l'avaient connu, des traces ineffaçables de son passage sur la terre ; et
son nom fut béni longtemps après sa mort par
de pauvres paysans dans leurs huttes enfu-
mées, où il avait plus d'une fois partagé leur
pain noir en leur parlant de leur Sauveur et
de sa mort sur la croix. »

Cette histoire avait excité beaucoup d'intérêt dans le jeune auditoire d'Henri Ward. Albertine demanda de suite si c'était une his-

toire vraie; à quoi Maurice Raymond, qui se trouvait là par extraordinaire, répondit que cela ne se pouvait pas, que personne n'aurait pu se dévouer de cette manière, et que, quand même on le lui dirait, il ne le croirait pas.

—Le Fils de Dieu, dit Henri, a fait bien plus que cela pour nous, misérables pécheurs, lorsqu'il est venu mourir sur la croix de la mort la plus ignominieuse, lui le Maître souverain et Créateur du ciel et de la terre.

— Oui, répondit M. Kellermann, mais il était Dieu, et par conséquent parfait; car, comme l'a dit Rousseau, la mort de Socrate fut la mort d'un sage, mais la mort de Jésus-Christ fut celle d'un Dieu.

— A dire vrai, fit observer Mademoiselle Leprince, je suis tentée d'admirer le comte Ivan plus encore pour avoir renoncé à sa fortune et à son haut rang qu'à la vie; car alors il était jeune et beau, et plein d'avenir et d'espérance, au lieu que, dix ans plus tard, il avait déjà beaucoup souffert, et il se trouvait dans des conditions bien différentes.

— Cependant, on tient encore bien plus à

8

la vie qu'à la fortune, et surtout quand on n'est plus jeune, dit M. Kellermann. Votre histoire est pleine d'intérêt, Monsieur Ward, et vous l'avez très bien lue, ajouta-t-il.

— Mais est-elle vraie? dit encore une fois la petite Albertine, qui commençait à s'impatienter. Voilà plusieurs fois que je fais la même question, et on ne me répond pas.

— Qu'est-ce que cela fait, dit Charles, qu'elle soit vraie ou non, si elle nous offre une belle leçon?

— Oh! pour moi, dit Albertine, ce n'est pas du tout la même chose, et si une histoire n'est pas réelle, elle ne me plaît pas la moitié autant.

— Eh bien, ma petite fille, dit Henri Ward, elle est vraie, du moins à ce que dit l'auteur, car je n'ai fait que la traduire d'un vieux manuscrit anglais que j'ai copié ainsi que plusieurs autres lorsque j'étais enfant.

Georges avait écouté avec un grand intérêt, mais sans rien dire, et l'on voyait que l'enseignement que contenait ce récit n'était pas perdu pour lui.

Madame Stein exprima par un sourire plein

d'expression et une poignée de main qu'elle donna à son cher pensionnaire toute la reconnaissance dont elle était pénétrée pour sa bonne intention et pour la peine qu'il s'était donnée.

Tout le monde lui en sut gré enfin, et lorsque, quelques jours plus tard, il leur proposa de lire quelque chose de nouveau, sa proposition fut accueillie avec bonheur.

— Cette fois, leur dit-il, il ne s'agit pas d'un roman ni d'une histoire plus ou moins vraie, mais bien du récit exact et authentique de la vie et de la mort de notre Seigneur Jésus-Christ, qui, je l'espère, vous intéressera au moins autant que l'histoire du comte Ivan d'Ormanloff.

Et en effet, le jeune Anglais lut, avec un charme inexprimable et une expression de voix touchante, cette belle histoire, et sut captiver l'attention de ses auditeurs et exciter leur intérêt au plus haut degré. Quand il eut terminé cet admirable récit, on fut unanimement d'avis que, chaque soir, on commencerait la réunion par la lecture d'une certaine portion de cette belle Parole de vie dont le sublime langage remplit l'âme et le cœur d'émotion.

Dès le lendemain donc, Georges commença
la soirée par la lecture des deux premiers cha-
pitres de l'évangile selon saint Matthieu, et
tous les jours à la même heure, chacun à son
tour, en lut à peu près autant; après quoi on
continuait la séance par d'autres lectures instructives et intéressantes.

Henri Ward traduisait souvent des articles
intéressants tirés de revues ou de publications
périodiques anglaises ou allemandes, car il comprenait bien cette dernière langue, mais pas
assez pourtant pour ne pas être obligé quelquefois de demander l'aide du bon M. Kellermann.

Un ami d'Edimbourg lui ayant envoyé un
recueil de récits, il en traduisit quelques-uns
et en commença la lecture par l'histoire qui
fait l'objet du chapitre ci-après.

XVI

UN PAYSAN RUSSE ENSEVELI SOUS LA NEIGE.

« Le paysan russe attend l'hiver avec impatience. A la vue des premiers flocons de neige, il éprouve un mouvement de joie; nos campagnards ne font pas meilleur accueil aux premières volées d'hirondelles. Ce sentiment de satisfaction est du reste bien naturel; c'est surtout en Russie que l'automne a un aspect désolant.

« Les torrents de pluie qui inondent les campagnes détrempent le sol des grandes routes et les rendent impraticables; les villages sont déserts et la sombre verdure des forêts de sapins qui les entourent semble encore plus lugubre que de coutume. A peine l'hiver s'est-il déclaré que tout change; les bourbiers infects qui croupissaient devant les *isbas* disparaissent comme par enchantement, et les villages se raniment: le givre argente les arbres et des nuées de moi-

neaux voltigent gaiement autour des haies. Le
traînage s'établit peu à peu et la circulation re-
naît; l'épaisse couche de neige qui tapisse les
grandes routes se couvre de piétons qui mar-
chent d'un pas pressé, et de lourds convois de
marchandises ou de vivres que l'on se hâte de
porter dans les villes.

« Lorsque le ciel est serein, un voyage en hiver n'offre aucun danger, pourvu que l'on ait
pris, bien entendu, toutes les précautions ordi-
naires contre le froid. On peut aussi braver impunément la neige la plus épaisse, si le temps
est calme; mais il n'en est plus de même dès que
le vent s'élève. La neige, qui est alors chassée
avec violence, tourbillonne dans la plaine et
s'y amoncelle çà et là en monticules dont les
flancs ondulés ressemblent à des flots immo-
biles.

« Le jour baisse de plus en plus et les bandes
de corbeaux que l'on rencontre presque à chaque pas dans la campagne, pendant l'hiver, se
réfugient au fond des forêts en jetant des cris
sinistres.

« Malheur au voyageur imprudent ou attardé

qui se trouve dans la plaine à pareille heure; il
s'égare, et, glacé par le froid, il périt imman-
quablement. Lorsque le vent et la neige se dé-
chaînent ainsi sur les côtes arides de la Russie
méridionale, il arrive que des troupeaux entiers
de moutons ou même de chevaux sont engloutis
dans la mer sans qu'il soit possible de leur porter secours. C'est en vain que, dans leur épou-
vante, ces animaux se pressent les uns contre les
autres pour résister à l'ouragan ; il les pousse
vers la plage, et, dès qu'ils ont mis le pied sur
la glace, il sont entraînés et disparaissent dans
les flots.

« On donne en Russie à ces chasse-neige le
nom expressif de *metel* (de *metal*, balayer).

« Quoique les vastes forêts qui couvrent les
provinces septentrionales de l'empire contri-
buent à en diminuer la violence, ils y font cependant un assez grand nombre de victimes.

« Mais le paysan russe affronte les plus terribles *metels* sans perdre un seul instant le courage et le sang-froid qui le distinguent au moment du danger. C'est surtout à cet égard que le
fait suivant nous a paru digne d'être rapporté.

Nous le donnons avec détail, mais sans rien y ajouter :

« Le 27 novembre 1855, un jeune paysan du village de Zoiquinctsof, gouvernement de Koursk, fut envoyé par son père à la ville pour y vendre des pots de faïence qui étaient chargés sur un traîneau. Le temps était beau, et il arriva à Koursk sans encombre ; mais il ne devait point en être de même à son retour. A peine était-il sorti de la ville que le ciel se couvrit de nuages ; peu d'instants après, il commença à neiger ; puis le vent s'éleva par degrés, et bientôt un ouragan d'une violence extrême fondit sur la plaine et se mit à la balayer en tous sens. Le paysan, qui avait été obligé de ralentir le pas de son cheval, se trouvait encore à quelques verstes du village lorsque la nuit vint. La neige avait complétement recouvert les branches de sapins qui marquaient la route ; il s'égara.

« Après avoir longtemps cherché son chemin, il descendit du traîneau, car le froid commençait à le gagner. Pendant quelque temps, il marcha au hasard en conduisant son cheval par la bride ; mais, tout à coup, il sentit la neige céder sous ses pas, et presque au même instant, le che val et le traîneau s'y enfoncèrent à leur tour. Malgré tous ses efforts, il ne put parvenir à les relever. Le *metel* avait redoublé de fureur, et il était obligé de se tenir au traîneau pour résister aux coups de vent qui amoncelaient la neige autour de lui. Le seul parti qu'il lui restait à prendre était d'attendre le jour. Il détela son cheval et l'attacha au brancard ; puis il se coucha dans son traîneau aussi paisiblement que s'il avait été sur un four dans sa chaumière (on sait que les paysans russes dorment sur un four). Avant de s'y étendre, il eut soin d'ôter ses bottes et son bonnet qu'il mit sous sa tête ; il se couvrit ensuite de son *kafetan* et se plaça de manière à tourner la tête au vent. C'est ainsi qu'il passa la nuit.

« En Sibérie, les indigènes, lorsqu'ils sont en voyage, et qu'ils s'abritent pour la nuit dans un lieu inhabité, creusent une large tranchée dans la neige, y pratiquent latéralement de petites cellules dont ils bouchent l'entrée avec des cou-

8.

vertures et passent ainsi la nuit très chaude-
ment.

« Lorsqu'il ouvrit les yeux, il était couvert
de neige. Comme il supposa qu'il devait faire
jour, il arracha une petite baguette d'osier du
traîneau et se mit à creuser la neige au-dessus
de lui. Quoiqu'elle fût déjà assez épaisse, il réussit à y creuser un trou, et, se redressant un peu,
il y passa la tête. Le soleil s'était levé, mais on
le distinguait à peine, et le *metel* n'avait point
cessé; il se recoucha.

Mais, en se replaçant au fond du traîneau, il
se retourna plusieurs fois sur lui-même afin de
tasser la neige et d'agrandir l'étroit espace qu'il
occupait. Au bout de quelque temps, il voulut
de nouveau mettre la tête hors de sa prison; mais
la couche de neige qui le couvrait maintenant
était si épaisse qu'il lui fut impossible de la per-
cer. Ayant perdu tout espoir, il dit une prière,
recommanda son âme à Dieu, pensa longtemps
aux siens qui devaient être dans l'inquiétude,
et finit par s'endormir.

« Le lendemain du jour où il était parti pour
Koursk, son père, ne le voyant pas revenir, était

allé à sa recherche ; et les autorités du lieu enjoignirent aux paysans des villages voisins d'en parcourir avec soin les environs. Ce fut en vain, et chacun rentra chez soi avec la ferme conviction que le malheureux avait été surpris par l'ouragan et qu'il serait impossible de le retrouver. Le temps se remit au beau, et, le 9 décembre, un paysan du district résolut d'aller à la chasse. Comme il suivait le bord d'un ravin comblé de neige, il remarqua que son chien se tenait accroupi à peu de distance de là et rongeait quelque chose qu'il ne put distinguer. Lorsqu'il fut plus près, il découvrit que c'était le pied d'un cheval enfoui dans la neige et dont la tête était déjà en partie dévorée par les loups. Il retourna sur ses pas et alla annoncer cette découverte à la police, qui en prévint aussitôt la famille du jeune paysan, et dirigea sur ce lieu des hommes armés de pelles et de pioches. On se mit à l'œuvre ; le cadavre du cheval fut bientôt retiré. Bientôt après parut l'extrémité d'un brancard. Les travailleurs redoublèrent d'efforts et finirent par atteindre une couche de neige durcie qui s'étendait au-dessus du traîneau. On y perça un trou, et, à la grande surprise de tous les assistants, un jet de vapeur chaude s'en échappa. Un des paysans s'agenouilla à côté de cette ouverture et y engagea la pelle dont il était armé.

« Un homme était étendu au fond de cette tombe de glace, mais il ne donnait point signe de vie. Le père du jeune paysan s'avança à son tour et s'écria :

« — Dmitri, es-tu encore vivant ?

« — Oui, répondit celui-ci d'une voix étouffée.

« — Approche donc du trou, lui crièrent les travailleurs.

« — Je le veux bien, reprit Dmitri avec calme ; mais prenez garde de me blesser avec vos pioches.

« Quelques instants après, il passa la tête hors du trou. Ses traits étaient d'une pâleur livide, mais n'accusaient aucune émotion. On l'aida à remonter ; il était très faible et ses vêtements mouillés répandaient une vapeur épaisse.

Lorsqu'il aperçut son père, il le salua et lui tendit un petit sac de cuir dans lequel était renfermé le produit de la vente qu'il avait été chargé de faire à la ville. On le conduisit dans une *isba*

voisine, où il changea d'habits et prit un peu de
nourriture. Lorsqu'on lui apprit qu'il était de-
meuré sous la neige *douze* jours, il en parut surpris. Le temps lui avait semblé long, mais il lui
avait été impossible d'en apprécier la durée,
dans le silence et l'obscurité profonde qui l'entouraient. Il avait dormi, et lorsqu'il se réveil-
lait, c'était pour calmer sa soif en mangeant un
peu de neige, ou pour dire une prière; il n'espérait pas qu'on viendrait à son secours, et l'idée
de son salut éternel le préoccupait beaucoup.
Quoiqu'il fût resté dans une immobilité presque
complète et sans autre couverture que son kafetan, le froid ne l'avait point incommodé. Cependant on reconnut qu'il avait plusieurs doigts des
pieds presque entièrement gelés. Rentré au sein
de sa famille, quelques jours de repos lui ren-
dirent toutes ses forces et il reprit ses travaux
habituels.

« La voûte de glace, qui l'avait abrité, se con-
serva jusqu'à la fin de l'hiver, et une foule de
curieux vinrent en examiner la disposition. »

« Le fait que nous venons de rapporter est,

du reste, une exception. Quelque robustes que soient les paysans russes, ils ne résistent point ordinairement au froid glacial qui les pénètre lorsqu'ils sont enveloppés par le *metel*, et toutes les fois qu'un de ces ouragans éclate à l'improviste dans un pays fréquenté, les routes sont couvertes de cadavres. »

XVII

Madame Stein, voulant aussi contribuer personnellement à l'attrait de ces charmantes soirées, apporta un jour une histoire dont elle pria Mademoiselle Leprince, qui avait en cela un talent tout particulier, de vouloir bien faire la lecture :

« Une dame des amies de ma mère resta veuve avec deux jeunes filles. Ayant de la fortune, elle fut à même de leur donner une éducation distinguée, dont l'aînée sut si bien profiter, qu'en peu d'années elle devint une personne accomplie. La cadette, au contraire, d'un caractère léger et frivole, demeura d'une ignorance honteuse, ne s'occupant absolument que du soin de sa personne. Elle avait en outre un orgueil démesuré.

« Plusieurs excellents partis se présentèrent pour l'une et pour l'autre; mais elles n'en acceptèrent aucun : l'aînée, parce qu'elle était trop absorbée par ses études, et la plus jeune, parce qu'elle n'en trouvait aucun digne d'elle. Les épouseurs furent donc éconduits très peu cérémonieusement, et elles passèrent à la fin pour tellement difficiles que personne n'osa plus se mettre sur les rangs.

« Arrivée à plus de vingt-cinq ans, sans avoir trouvé un mari convenable, — et mari convenable, pour elles, voulait dire un homme titré ou un millionnaire, — la plus jeune résolut de voyager. Elle pressa sa mère jusqu'à ce qu'elle eût obtenu la part qui lui revenait de l'héritage de son père; puis elle engagea une dame de compagnie dans le but de voyager en Italie et en Allemagne. Elle passa plusieurs années de cette manière; mais les épouseurs, au moins ceux qui lui auraient convenu, ne se hâtèrent pas d'accourir, comme elle l'avait espéré.

« Enfin, fatiguée de cette vie errante, où sa fortune, qui n'avait jamais été bien considérable, commençait à diminuer sensiblement, elle résolut de tenter un coup hardi, persuadée que si elle parvenait à acquérir de grandes richesses elle atteindrait facilement son but. Pour cela elle s'établit à Baden, cette ville si connue de tous ceux qui se bercent de pareilles illusions.

« Mais là, comme tant d'autres, elle ne rencontra qu'une amère déception, et après avoir perdu sa dernière pièce d'or, se trouvant dans la misère, et ne sachant que devenir, elle fut bien heureuse de trouver une place de gouvernante dans une grande famille.

« Mais elle y fut bientôt en proie à toute espèce d'humiliations, ce qui, pour une personne de son caractère, était un supplice sans nom.

« Son orgueil l'avait empêchée d'écrire à sa mère pour lui faire part de sa triste position, d'autant plus qu'en exigeant sa part dans la succession paternelle, elle avait considérablement dérangé les revenus de sa mère.

« Pourtant, force lui fut d'avoir enfin recours à cette seule amie qui lui restât; et après avoir remis l'exécution de son projet jusqu'au moment où, accablée de souffrances morales et physiques, la vie lui fut devenue à charge, elle se décida à lui faire part de toutes ses détresses, en lui demandant la permission de revenir auprès d'elle. La réponse ne se fit pas attendre. La bonne mère lui écrivit de revenir sans retard, en lui annonçant que le jour de son arrivée serait pour elle un véritable jour de fête.

« La fille aînée s'était montrée fort irritée contre sa sœur lorsque celle-ci avait quitté la maison ; elle s'était surtout indignée de sa conduite dans la revendication de sa part d'héritage pour un pareil motif. Quant à elle, elle s'était attachée à faire ressortir sa supériorité en refusant constamment de quitter sa mère, bien qu'elle eût trouvé un parti acceptable après le départ de sa sœur. Aussi, quoique bonne au fond, en apprenant le retour de celle-ci, elle n'en parut nullement enchantée, et sa mère fut obligée de faire, pour ainsi dire en cachette, tous les préparatifs d'une réception qu'elle voulait absolument, la pauvre femme, égaler à celle d'un grand personnage.

« En voyant donc toutes ces marques de réjouissance, celle qui avait toujours été si bonne et si soumise, éprouva presque involontairement un mouvement de jalousie et de révolte contre cette apparente injustice.

« Elle en témoigna même son mécontentement à sa mère, en employant à peu près le langage du frère aîné dans la parabole de l'enfant prodigue. La digne femme lui répondit par les paroles mêmes du père dans la même parabole :

« Ma fille, tu es toujours avec moi, et tout ce « que j'ai est à toi. Mais il fallait bien faire un « festin et se réjouir, parce que ta sœur, que « voilà, était morte, et elle est revenue à la « vie ; elle était perdue, et elle est retrou- « vée. »

« Cependant la sœur cadette avait reçu une dure leçon depuis qu'elle avait quitté sa famille, et elle ne fut nullement étonnée du froid accueil de sa sœur, auquel même elle s'attendait. Mais elle travailla tant à se la réconcilier et à se rendre utile et agréable dans la maison, qu'elle y réussit complétement, et que leur petit intérieur leur fut bientôt plus cher qu'il ne l'avait jamais été.

« Elles sont maintenant toutes deux mariées

et très heureuses, ayant eu la sagesse d'accepter les offres d'hommes bons et sensés qu'elles
ont eu le privilége de rencontrer; et leur mère
est morte, il y a quelques années, en les bénis-
sant et en remerciant Dieu des épreuves qu'a-
vait eues à subir sa plus jeune fille, et qui lui
avaient été si salutaires. »

— Mais, maman, dit Albertine, quand sa mère
eut fini, c'est tout à fait comme l'histoire de
l'enfant prodigue.

— Oui, ma fille, répondit Madame Stein, cela
y ressemble un peu, et c'est même pour cela
que j'ai voulu vous faire part de cet épisode de
la vie de personnes connues, car autrement il
offre peu d'intérêt. Mais j'ai voulu imiter notre
ami Henri, qui nous a lu une charmante histoire
dont les principaux traits ont quelque ressemblance avec ceux de la vie et de la mort de notre
Seigneur Jésus-Christ; et ayant consulté pour
cela mes souvenirs, je me suis rappelé ce petit
événement qui s'était gravé dans ma mémoire,
parce que je m'intéressais beaucoup aux personnes dont il y est question.

A la suite de ce petit récit, Henri Ward raconta l'anecdote suivante :

« L'archevêque Usher, célèbre par sa piété sincère et sa grande érudition, avait l'habitude de se déguiser en mendiant et d'aller dans les montagnes visiter les habitants les plus pauvres de son diocèse, afin de mieux connaître par lui-même leurs besoins et les meilleurs moyens d'y porter remède.

« Dans une de ses tournées habituelles, il s'arrêta devant la magnifique demeure d'un des évêques soumis à sa juridiction, connu par son avarice et sa dureté envers les pauvres.

« Il rencontra le maître de la maison dans l'avenue conduisant au château.

« Celui-ci s'arrêta pour l'interroger, en lui faisant des réprimandes sévères sur le péché de la paresse, et de l'inconduite qui nécessairement avait dû être, au moins en partie, cause de l'état de dénûment où il se trouvait.

« Ensuite, après l'avoir bien exhorté à ne pas négliger de suivre régulièrement les offices de l'Eglise, il lui fit quelques questions sur les premiers principes de la religion chrétienne, et entre autres choses il lui demanda combien il y a de commandements de Dieu.

« — Onze, lui fut-il répondu.

« L'évêque scandalisé haussa les épaules.

« — Et quel est le onzième commandement, mon brave homme? dit-il.

« — Je vous donne un commandement nou-« veau : Que vous vous aimiez les uns les au-« tres. »

« L'évêque demeura confondu, et depuis ce jour on remarqua qu'il devint plus hospitalier et plus charitable. »

XVIII

LE CONCOURS.

Un jour, pendant les vacances de son fils aîné, M. Raymond avait invité à dîner un de ses amis, ancien professeur au Collége de France. Celui-ci, par hasard, vint à questionner Maurice sur ses études et ne le trouva pas bien fort. Il lui fit entre autres une demande très simple, à laquelle pourtant le jeune homme hésita à répondre.

L'ami de M. Raymond vit les yeux de Charles, le frère cadet de Maurice, fixés avec ardeur sur les siens et tout brillants du désir de parler.

— Et vous, mon garçon, lui dit-il, vous pourriez peut-être le dire?

Charles répondit avec clarté et précision à la question posée, et M. Dumontil, l'ami de son père, lui frappant sur l'épaule, lui dit :

— A la bonne heure, mais c'est bien cela. Quel âge avez-vous donc, mon ami?

— Douze ans, Monsieur, répondit l'enfant.

De là plusieurs autres questions sur son professeur et les études qu'il lui faisait faire.

Le résultat de tout cela fut que M. Dumontil conseilla au père de Maurice de prier M. Kellermann de vouloir bien admettre celui-ci à partager les leçons de son frère Charles et de Georges Stein, au moins pendant les vacances, conseil que M. Raymond ne manqua pas de suivre dès le lendemain. Sa demande fut accueillie avec bienveillance et mise à exécution sans délai.

Ceci ne faisait pourtant pas l'affaire de M. Maurice, qui trouva très mauvais qu'on le fît travailler pendant les vacances, et il maudit le jour où son père avait eu la malencontreuse idée d'inviter à dîner son ami M. Dumontil.

M. Kellermann résolut de faire faire une composition latine à ses élèves pour la fin des vacances, et chacun d'eux y travailla avec ardeur.

Maurice, malgré son premier échec, qu'il ne regardait que comme une faute de mémoire, ne se tint pas pour battu, car avec son amour-propre habituel, il éprouvait pour la science de ses jeunes compétiteurs le plus souverain mépris. M. Kellermann savait bien pourtant à quoi s'en tenir à cet égard, et la réussite du jeune orgueilleux au concours ne lui paraissait rien moins que certaine; mais il se serait bien gardé de laisser deviner son sentiment. Il pensait rendre un véritable service au jeune homme, en lui donnant une petite leçon d'humilité, et en cela il se trouva parfaitement d'accord avec M. Raymond.

Mais la mère de Maurice, qui aurait été fâchée de le voir battu par ses camarades plus jeunes que lui, crut devoir donner à son fils un avertissement amical. Elle lui répéta ce que son père et M. Kellermann avaient dit là-dessus, en lui conseillant de ne pas se croire si sûr du succès, mais de travailler avec ardeur pour ne pas avoir la honte de se voir vaincu.

Malgré cela, Maurice persista à se croire certain du succès et ne se donna aucune peine pour l'obtenir.

Quelques jours avant celui où le vainqueur devait être proclamé, Georges, ayant terminé

9

sa composition, était en train d'embellir la couverture de son cahier de mille arabesques plus
fantasques les unes que les autres, lorsque Maurice entra et se mit à écrire à une autre table.

— Tu n'as pas encore fini ta composition,
Maurice? lui dit son camarade.

— Non, répondit celui-ci; mais cela ne sera
pas long. Et puis, ajouta-t-il, qu'est-ce que c'est
qu'un concours comme cela pour moi qui ai été
habitué à concourir avec des jeunes gens de dix-
huit à vingt ans?

— En effet, dit Georges; aussi es-tu à peu
près sûr de remporter le prix.

— Oh! je n'y tiens pas, dit son camarade.

— Eh bien, j'y tiens extrêmement, moi, d'a-
bord parce que je sais combien de plaisir cela
ferait à maman, et puis j'en serais bien content
pour moi-même aussi. Je voudrais bien être
aussi sûr que toi de réussir.

En disant cela, Georges, qui avait fini son
travail d'artiste, serra son cahier dans son pu-
pître et alla rejoindre les autres enfants de la
maison, dont on entendait les éclats de voix et
les rires joyeux à peu de distance.

Maurice, resté seul, fut assailli par une ten-
tation à laquelle il ne sut pas résister.

Malgré toutes ses fanfaronnades, les paroles
de sa mère lui avaient fait une certaine impression ; et, à la honte d'être dépassé par un de
ceux qui lui avaient inspiré tant de dédain,
venait se joindre le chagrin de se voir enlever
le prix auquel il tenait beaucoup. M. Raymond
avait promis une montre d'or au vainqueur, et
Maurice comptait bien avoir le plaisir de l'emporter et d'en éblouir ses camarades au collége
lorsqu'il y retournerait dans quelques jours.
Ayant donc vu Georges Stein serrer sa composition dans son pupitre, il éprouva un désir irrésistible de la lire et de se convaincre par
lui-même du plus ou moins de chance de son
compétiteur. Son frère Charles, il le savait, n'é-
tait pas à craindre.

Il s'avança avec précaution vers le pupitre
qu'il savait être fermé, puisqu'il avait vu Georges en tourner la clef et la mettre dans sa poche ; mais il savait aussi que presque toutes les
clefs, et entre autres la sienne, pouvaient ouvrir tous les pupitres.

Ce fut l'affaire d'une seconde, et, dans quelques minutes, le jeune garçon se trouva complétement absorbé dans la lecture de la composition de son camarade, dont il ne put s'empêcher de reconnaître la supériorité sur la sienne. Il poursuivit sa lecture jusqu'à l'arrivée de la nuit, qui l'empêcha de la finir. Se hâtant alors de remettre le cahier à sa place et de refermer le pupitre, il alla rejoindre la famille réunie dans la salle commune, où l'on avait déjà commencé la lecture habituelle ; mais Georges, qui faisait alors office de lecteur, voulut recommencer pour l'édification de son ami, et comme il n'y avait que quelques minutes qu'il avait pris son livre, personne ne s'y opposa.

Toute la nuit Maurice fut agité par l'idée que Georges allait lui enlever le prix. Cette pensée devint enfin pour lui un véritable supplice. Le lendemain, elle lui ôta tout courage pour le travail, et il finit par trouver son ouvrage si mauvais à côté de celui de Georges, que, dans un mouvement de colère, il mit sa copie en pièces.

Cependant, le soir, il se repentait déjà de cet accès d'emportement, et, ne voulant pas renoncer

si facilement à l'objet de ses désirs, il se remit
au travail avec ardeur; il demanda même la
permission de s'enfermer seul toute la soirée
dans la salle d'étude; et là il eut tout le temps
et la sécurité nécessaires pour bien examiner
la composition de Georges, et profiter de ce
qu'elle avait de bon et de faible pour refaire la
sienne avec de grands avantages; et ce qu'il y
eut de plus coupable encore dans son procédé,
c'est qu'il ne résista pas à la vilaine pensée de
changer plusieurs phrases dans le cahier de son
camarade, et il le fit avec une grande habileté,
à l'aide de son grattoir et en imitant l'écriture
de Georges à s'y méprendre.

Le lendemain le concours devait être fermé,
et les trois compositions seraient déposées entre
les mains de M. Kellermann, qui s'était adjoint
deux autres professeurs, M. Dumontil et un de
ses amis, comme juges avec lui.

Georges, en allant prendre son cahier dans
le pupitre, fut étonné de le trouver changé de
place; cela l'inquiéta un peu et lui donna à penser; aussi, avant de livrer sa composition à
l'inspection du jury, voulut-il la lire encore

une fois. Il ne manqua pas de découvrir de suite les changements qu'une main malveillante avait faits à son ouvrage. Tout rouge d'indignation et les yeux pleins de larmes, il allait courir chez son oncle pour lui montrer les traces évidentes des modifications faites très habilement à son écriture; mais, au bout d'un instant, il se dit : Cela serait-il bon et charitable de ma part? Quelle humiliation pour celui qui l'a fait si l'on vient à le reconnaître, et cela ne sera pas difficile.

Il venait de trouver dans son pupitre le canif de Maurice, que celui-ci avait sans doute oublié dans son trouble et sa confusion.

— Non, se dit-il, faisons aux autres ce que nous voudrions que l'on nous fît; et quoique certainement Maurice mérite une punition très sévère pour ce qu'il vient de faire, cependant je crois qu'il sera beaucoup plus puni en se laissant décerner le prix qu'il n'aura pas mérité, qu'en subissant une humiliation si pénible devant tout le monde.

En conséquence de ce raisonnement, faux ou non, et que la suite de notre récit nous donnera lieu d'apprécier à sa juste valeur, Georges résolut de donner sa composition telle qu'elle était ; d'ailleurs il était trop tard pour y rien changer.

Nous reconnaissons que la conduite de Georges, en cette circonstance, doit paraître peu naturelle.

Nous dirons seulement, comme explication, que le jeune garçon se trouvait dans une disposition d'esprit peu ordinaire ; son cœur venait d'être touché par la grâce de Dieu ; et, comme la plupart des nouveaux convertis, ses appréciations pouvaient être empreintes d'une certaine exagération.

Les trois juges furent unanimes et le prix fut décerné à Maurice. Lorsque son père lui remit la belle montre qu'il avait tant désirée la veille, sa main trembla et il changea de couleur.

On eût pu remarquer aussi qu'il évita de parler avec Georges pendant toute la soirée ou même de le regarder ; il est vrai que celui-ci en agissait de même avec lui.

Cependant tout cela donna à réfléchir à M. Kellermann, d'autant plus que les fautes qui se trouvaient dans la composition de Georges n'étaient pas de celles qu'il devait faire ni qu'il faisait habituellement. Le vieux professeur en parla avec Henri Ward, et celui-ci, qui avait déjà fait les mêmes remarques, résolut d'étudier cette petite affaire à fond sans en rien dire à personne.

En conséquence de cette résolution, il demanda à Georges s'il avait conservé le brouillon de sa composition.

— Je ne sais pas, dit Georges; mais je vais voir.

Il le chercha en vain dans son pupitre et dans son carton; enfin il s'avisa de regarder dans la corbeille où l'on avait l'habitude de jeter les vieux papiers.

Il y bouleversa tout, et enfin il trouva ce qu'il voulait, et en même temps la composition de Maurice que celui-ci avait déchirée dans sa colère.

Henri se trouvait à côté de lui; il reconnut de suite l'écriture de Maurice qui était remarquablement belle, puis le sujet, *la Mort de César*, était celui du concours. Il s'empara de ces deux pièces sans rien dire, ainsi que de la copie de Georges, et s'enferma dans sa chambre pendant quelques minutes, au bout desquelles son opinion fut formée. Toute l'affaire lui parut claire et nette. Il avait demandé à Maurice de lui prêter sa composition un instant, celle qui avait obtenu le prix; mais ce dernier s'y était refusé obstinément. Elle n'était pourtant pas nécessaire pour permettre à Henri de se convaincre, sans hésiter, de la mauvaise action du jeune Raymond.

Le lendemain, M. Kellermann, encore préoccupé du résultat du concours, si inattendu pour lui, ne manqua pas de prendre Georges à partie pour les fautes qu'il avait commises, volontairement, selon lui. Georges ne savait comment répondre sans trahir son secret; de sorte qu'il avait l'air confus et honteux, et qu'il répondait mal ou point du tout.

Quant à Maurice, il était encore plus mal à son aise, et sa confusion devint enfin si évidente, que chacun sentit qu'il y avait là-dessous quelque mystère. Ce qui ajouta considérable-

9*

ment à son malaise, ce fut qu'Henri Ward le regarda avec une telle fixité pendant quelques minutes, que personne ne put s'empêcher de le remarquer.

Enfin, n'y tenant plus et n'ayant pourtant pas le courage d'avouer sa faute, Maurice se leva vivement et quitta la chambre; Henri le suivit, et, le saisissant par le bras au moment où il cherchait à fuir pour se cacher à tous les yeux, il lui dit avec douceur, mais avec fermeté :

— Allons, Maurice, du courage, mon ami ; avouez votre faute, et il n'en sera plus question.

— Non, cela m'est impossible ; je ne pourrai jamais faire un aveu si honteux.

— Eh bien! voulez-vous que je le fasse pour vous? dit Henri. Allons, donnez-moi la main.

Et, l'entraînant plutôt qu'il ne le conduisait, il le fit rentrer dans la salle, le plaça en face de Georges et dit à celui-ci :

— Voici un coupable qui n'ose pas avouer sa faute, tellement il en a honte ; cependant, il en attend votre pardon, Georges, car c'est à vous surtout qu'il a fait du tort.

Georges tendit la main à Maurice, qui la prit et la serra dans la sienne avec émotion, tandis que des larmes brillaient au bord de sa paupière ; Maurice, sans pouvoir prononcer un mot, s'élança hors de la maison et courut chez son père.

Il trouva celui-ci seul dans son cabinet et lui fit sur-le-champ l'aveu complet de sa faute, en lui rendant la montre. M. Raymond ne savait trop s'il devait s'affliger ou se réjouir de cet incident, qui, en montrant d'abord le caractère de son fils sous un bien vilain point de vue, avait fini d'une manière tout à fait inattendue en faisant espérer, d'après l'humiliation profonde et le repentir sincère qui en furent les suites, un bien meilleur avenir. Et en effet les parents de Maurice eurent tout lieu d'être contents du résultat de ce petit événement, car il fut l'occasion d'un grand changement dans les idées et la conduite de celui-ci. Il demanda à la fin de l'année à continuer ses études sous la direction sage et éclairée du bon M. Kellermann, et il déclara que les paroles et la conduite de Henri Ward lui avaient fait le plus

grand bien. Madame Stein, à qui la mère de
Maurice avait répété ces mots, ajouta qu'elle
avait plus d'un motif pour bénir Dieu de l'arrivée parmi eux de cet excellent jeune homme.

XIX

Vers cette époque, Madame Stein reçut une lettre de son frère Georges, maintenant colonel Desgranges, avec qui elle n'avait jamais cessé de correspondre, quoique à des intervalles souvent éloignés. Il lui annonçait la mort de sa jeune femme qu'il avait épousée aux Indes, et son propre retour dans son pays : déjà il avait obtenu à cet effet le congé nécessaire.

Il devait être accompagné de son petit garçon, âgé de cinq ans, dont la santé était très délicate, raison qui, jointe à plusieurs autres, lui avait inspiré le désir de le faire élever en en France.

Toute la famille se réjouit à la nouvelle de cet important événement, et la pauvre Lucie versa des larmes d'attendrissement et de reconnaissance en songeant à l'immense bonheur qu'elle aurait à revoir ce bien-aimé frère absent depuis l'année qui précéda la mort de son cher Albert.

Georges se faisait à l'avance une joie d'entendre décrire ces pays lointains où son oncle avait passé tant d'années.

Albertine était enchantée d'avoir un nouveau camarade en la personne de son petit cousin Aimé ; et Maria, la bonne et aimante Maria, était surtout heureuse à la pensée du bonheur de sa chère maman, toujours si patiente et si résignée, et dont les profondes émotions qui l'agitaient restaient le plus souvent ignorées, tant elle mettait de soin à les cacher à tous les yeux, ne s'occupant uniquement que de ceux qui l'entouraient et jamais d'elle-même.

Enfin l'heureux jour arriva, et l'on peut s'imaginer si ce fut un jour de fête.

Il fut décidé que le colonel, qui voulait rester un peu de temps auprès de sa sœur, s'installerait avec son petit garçon chez elle, et qu'Henri Ward et Georges iraient coucher tous les soirs chez Madame Raymond. Il y eut d'abord quelques petites discussions de part et

d'autre, chacun craignant d'être une cause de
gêne pour ses voisins; mais l'amitié mettait
bientôt tout le monde d'accord, et l'affection
mutuelle ne faisait qu'y gagner.

On accorda un peu de repos au bon oncle;
mais aussitôt que son neveu et sa petite nièce
Albertine crurent qu'il devait être remis de
toutes ses fatigues, — et pour cela ils avaient
pensé que vingt-quatre heures devaient être
plus que suffisantes, — il fut accablé de questions de toute espèce.

Quant au petit Aimé, Madame Stein ayant eu
l'imprudence de promettre un jour à Albertine
qu'elle lui permettrait d'en avoir soin, la petite
fille s'en empara en véritable despote dès le
lendemain de son arrivée, et personne n'avait
le droit, à son avis, de lui parler, ni presque de
le regarder sans sa permission. Cela ne faisait
pas toujours, il est vrai, l'affaire de son petit
protégé. Il protesta plus d'une fois contre cette
aimable tyrannie, mais la petite gouvernante,
en politique habile, lorsqu'elle voyait les rênes
du gouvernement un peu trop tendues, savait
les relâcher petit à petit et juste à temps pour

ne pas compromettre le principe de son autorité menacée, et par suite de cette judicieuse manière d'agir, elle acquit un grand ascendant sur son petit cousin, et s'en fit aimer d'une manière extraordinaire.

Aussitôt que le colonel se trouva suffisamment reposé et dans la disposition de prendre le rôle de narrateur, il consentit à rendre son neveu Georges le plus heureux des mortels, en racontant quelques-unes de ses aventures sur terre et sur mer. Mais comme notre intention n'est pas de faire un ouvrage volumineux, nous nous contenterons de rapporter ici un petit incident qui ne manquait pas d'intérêt, surtout pour les amis de celui qui en avait été l'un des principaux acteurs.

« Un jour, commença le colonel **Desgranges**, pendant mon séjour dans les grandes Indes, ma femme, avec plusieurs dames de ses amies, avait projeté une partie de plaisir sur l'eau et un déjeuner champêtre dans une belle île boisée à l'entrée du Gange.

« Nous autres messieurs, nous n'avions pas été consultés; autrement, peut-être, ne nous serions-nous pas montrés fort empressés de donner notre consentement.

« Cependant, ces dames avaient compté sur notre galanterie, ou au moins sur notre complaisance pour les accompagner, et tout fut préparé en conséquence.

« Des ordres formels avaient été donnés pour que rien ne manquât à la délicatesse ainsi qu'à l'abondance du repas.

« Plusieurs bateaux pavoisés de mille couleurs et pourvus de musiciens, se trouvaient prêts à recevoir toute la société bien avant l'heure désignée. Nous partîmes donc une vingtaine; mais les dames étaient en majorité. Nous étions précédés de plusieurs domestiques indigènes, qui avaient reçu l'ordre, en arrivant, de faire tous les préparatifs nécessaires pour un déjeuner sur l'herbe, à l'instar des piqueniques anglais.

« Après avoir fait deux ou trois fois le tour de l'île, et en avoir visité quelques autres des plus pittoresques, la nécessité de nous rappro-

cher de notre festin champêtre se fit vivement
sentir; et tous, d'un commun accord, nous y
abordâmes, le mieux disposés du monde à
faire honneur aux mets qui nous attendaient, et
dont les émanations odorantes nous attiraient
d'une manière irrésistible.

« A peine commencions-nous à satisfaire aux
premières exigences de notre appétit aiguisé
par la promenade et excité par la bonne chère,
que l'hôte qui nous recevait fut secrètement
appelé par son domestique noir, qui lui parla à
l'oreille.

« Notre ami se leva vivement et me fit signe
de le suivre.

« J'appris alors que nous avions pour voisin
un énorme tigre qui tournait autour de nous,
caché par les hautes herbes.

« Il avait sans doute été attiré par l'odeur
des viandes, et il pouvait d'un instant à l'autre
se jeter sur quelqu'un de la société pour l'emporter au fond du bois et le dévorer, sans qu'il
fût possible de lui porter secours.

« Il n'y avait pas un moment à perdre; et
pourtant il ne fallait pas effrayer les dames;

car si par malheur quelqu'un se fût mis à courir, il était perdu.

« M. Handy, mon ami, s'approcha de la société, et, avec un air de grande consternation qui n'était nullement feinte, il annonça que les indigènes dont nous étions accompagnés avaient reconnu les signes certains d'un ouragan qui, dans quelques minutes, empêcherait tout retour à la terre ferme.

« Il ne rencontra que des incrédules, surtout parmi les hommes, dont plusieurs déclarèrent leur parfaite compétence en matière atmosphérique, et voulurent rassurer les dames, en disant que ce n'était qu'une ruse de la part des noirs, qui désiraient garder le déjeuner pour eux.

« Mon ami parut fort embarrassé, et me regarda d'un air qui semblait demander conseil. Je me sentis piqué d'honneur, et afin de lui venir en aide dans ce moment critique, je ne trouvai rien de mieux à faire que de soulever la nappe par les quatre coins, en commençant par celui où se trouvait ma femme.

« Le succulent repas se trouva en un instant

complétement bouleversé ; le thé et le café tout
bouillants, avec la crème et les vins les plus
exquis se trouvèrent tous mêlés ensemble, et
arrosèrent à qui mieux mieux les poissons les
plus délicats et le gibier le plus recherché, tout
confondus de se trouver accommodés à pareille
sauce.

« Mais j'avais obtenu ce que je voulais, ce qui
était le principal de l'affaire ; et malgré les regards courroucés et les interpellations peu par-
lementaires de la plupart des hommes, toute
la société se mit en marche vers les bateaux.
Nous recommandâmes surtout aux dames de ne
pas courir, dans la crainte d'attirer sur elles
le fluide électrique, nous efforçant en conséquence, mon ami et moi, de leur prouver que
l'air en était tout imprégné.

« Dans tout autre moment, j'aurais ri de bon
cœur en voyant les regards d'incrédulité fixés
d'abord en une muette contemplation sur un
beau ciel sans nuage qui nous promettait la
plus ravissante journée, puis tournés de notre
côté, avec accompagnement de gestes non équi-
voques de colère et d'indignation.

« Arrivés au bord de l'eau, nos compagnons eurent la preuve évidente que ce n'était pas l'appât du déjeuner qui avait engagé nos domestiques noirs à nous faire partir, car ils étaient tous déjà loin; ils s'étaient embarqués dans le premier bateau qu'ils avaient trouvé, en nous laissant nous tirer d'affaire de notre mieux et sans leur secours.

« Quand le dernier bateau eut pris le large, je me retournai pour la première fois, et appelant l'attention de toute la société sur l'endroit que nous venions de quitter, j'invitai chacun à admirer la belle robe rayée d'un magnifique tigre de Bengale qui tournait autour des débris de notre splendide repas, dont le mélange peu appétissant ne paraissait pas être trop de son goût. Il aurait évidemment préféré une bonne tranche de viande fraîche; il eût mieux aimé encore pouvoir se désaltérer dans le sang de quelques-uns d'entre nous, comme j'en fis l'observation à l'un de mes voisins, celui justement de toute la compagnie qui avait été le plus courroucé contre moi.

« Nous rentrâmes à la maison sans autre

aventure, mais avec la ferme intention de ne plus faire de repas sur l'herbe dans le pays des tigres. »

— Sais-tu bien, ma chère Lucie, dit un jour le colonel Desgranges à sa sœur, que tu es bien heureuse d'avoir su t'entourer de tant et de si excellents amis! Quelles charmantes petites réunions tu as pu former le soir pour l'édification et l'amusement de tes enfants! Et quels enfants! Vraiment, tu es trop heureuse!

— Oh! mon bon frère, ne m'envie pas mon bonheur; je l'ai acheté bien cher; j'ai tant souffert! Mais Dieu a été un bon et tendre père pour moi. Il m'a conduite par la main au milieu de la fournaise ardente où il lui a plu de me faire passer pour m'éprouver et me donner des preuves de sa bonté et de sa miséricorde infinies. Que son saint nom soit béni!

FIN DES PETITS AMIS.

TABLE DES MATIÈRES